降臨

聖拳伝説 1

今野　敏

朝日文庫

本書は一九八五年五月、徳間書店より『聖拳伝説』（トクマ・ノベルズ）として刊行され、二〇一〇年五月、小社より文庫化された『聖拳伝説1――覇王降臨』を改題した新装版です。

降臨

聖拳伝説1

1

インドの巨大な太陽が、白い大地を焼いている。

端整な顔立ちの日本人青年がひとり、パーラム空港で小振りのトランクを受け取り、リムジンバスへ向かった。

バスは、整然と区画された広い道を進んだ。背の低い樹木と、芝に囲まれた大きな白い家とが交互にバスの脇《わき》を流れていく。

車窓が、緑でいっぱいになる。

リムジンバスは、タクシーを追い抜きながら、デリーの都心に近づいた。木立に代わって、レンガ色の官庁街が見えてくる。遠くには白く高層ビルが光っている。

デリーは、緑豊かなゆったりとした近代都市だった。

リムジンバスはいくつかの大きなホテルを巡り、やがて整った清潔な街並みから、ごったがえすような雑踏のなかへと進んでいった。

オールド・デリーの市街地だった。

細い路地に市《いち》が軒を並べ、人々が、温度計のパンクしそうな暑さの中を押し合うように歩いている。指の欠けた物乞《ものご》いの姿も見られた。

道路には、タクシーなどの車両を始め、オート・リクシャー、サイクル・リクシャー、はてはラクダまで往来している。

青年は、デリー駅付近でバスを降りた。彼は、駅前のリーガル・ホテルへとまっすぐ進んだ。


翌日、青年はハルドワールからリシケーシュへ入った。

このあたりへ来るとガンジス河の流れが激しくなる。その急流を、巡礼者が乗った舟が行き交《か》った。両岸にはアーシュラムと呼ばれる、ヨーガや瞑想《メディテーション》の道場が乱立している。

アーシュラムでは、多くの人々がヒンズーの僧である師《グル》の教えのもとにメディテーションの修行を行なっている。

シヴァーナンダ・アーシュラム、マハリシ・マヘーシュ・ヨーギーのアーシュラム……。

青年は、数々のアーシュラムをつぶさに訪ね歩いた。

四日かけて、ありとあらゆるアーシュラムを歩き回った彼は、足を山へ向けた。

青年がバクワン・タゴールのアーシュラムを訪れたのは、リシケーシュにやってきて五日めの夕刻だった。

この白い髯《ひげ》をたくわえ、剃髪《ていはつ》しているやせた老人は、山の中にある天然の洞窟《どうくつ》をアーシュラムとしていた。老いた師《グル》のもとには男性三名、女性二名の若い修行者がいた。

バクワン・タゴールは、日本からの来訪者を、何のためらいもなく洞窟に招き入れた。

青年は、老いた師《グル》と、三日にわたって語り合った。彼は、乾いたおだやかな眼《め》をもつ老人が、長い間必死に探し求めていた人物であることを知った。

師《グル》と別れる前夜、青年は小高い丘の上にある広場に案内された。大きな一枚岩の上に赤い土が堆積《たいせき》してできた十メートル四方ばかりの平地だった。

中空に満月がかかっている。

青年が広場の中央に歩み出ると、師《グル》は地表に突き出した岩を背に腰を降ろした。

ふたりのあとに従っていた三人の男性の弟子が、青年を取り囲んで立った。

師《グル》が重々しく頷《うなず》く。三人の弟子は、戦いの構えを取った。

青年は全身の力を抜き、ひっそりと立っていた。

青年の後方から弟子のひとりが、鋭い呼気の音を上げながら襲いかかった。脊髄《せきずい》神経を狙《ねら》って蹴《け》り、続いて頸骨《けいこつ》めがけての手刀。

青年は振り向きもせずに、滑るように移動した。足許《あしもと》から埃《ほこり》も立たなかった。相手の攻撃は空を切る。

青年の右に立っていた弟子が、左右の拳《こぶし》を突き出しながら迫った。拳の出し方は変化に富んでいた。上下左右に多彩な円を描きながら繰り出される。

青年は拳をわずか数センチでかわしていった。相手の攻撃の一瞬の隙《すき》をついて、彼は軽く蹴りを放った。青年の足は相手のすねの外側を突いた。相手の拳の動きが止まる。

その弟子は、唐突に地面に膝《ひざ》をついた。蹴られた足がまったく動かなくなっていた。

最初に攻撃してきた男と最後の弟子のふたりが青年に向かっていった。

ふたりの攻撃は空気を切る音がはっきり聞こえるほど鋭く、疾《はや》く、手数が多かった。

青年は、大地に円を描く足運びで突きをかわし、左手で蹴りをさばいた。左手も宙に大小の円を描き続けている。

青年は、丸い月を背景に舞っているようだった。

ふたりの攻撃は長く続いた。だがその突きや蹴りが青年の急所をとらえることはできなかった。

突然、青年が「しゅっ」という呼気を発した。

彼は初めて右手を動かした。青年は右手の人差し指一本を立てている。その指が、ふたりの相手の手足に次々と突き立てられた。

戦いは終わっていた。

ふたりの弟子は、手足を小刻みに痙攣《けいれん》させながら、地面に倒れた。

青年は息も乱さず、戦いが始まる前と同様に静かにたたずんでいた。

師《グル》は立ち上がり、倒れた三人の弟子を見た。彼は歩み出て、三人の手足を伸ばし、静かに掌《てのひら》をあてがっていった。手はところどころで止まり、師《グル》はその箇所を強く指圧した。

青年も手を貸した。師《グル》と同様の手当てをほどこしていく。ただ、青年のやりかたは師《グル》よりも乱暴に見えた。弟子たちの手足を、人差し指で、場所も確かめずに突いていくのだ。だが、その治療が正確なものであることは、三人の弟子がすぐに元気を取り戻したことを見ても明らかだった。

手足のしびれから解放された弟子たちは、片膝をつき、深く頭を下げていた。

師《グル》は青年の手を握った。

喜びに満ちた表情だった。

青年はもう片方の手をそえ、強く握り返した。

2

北ウイングの一階は、間が抜けたように広く、そらぞらしく明るかった。成田空港のターミナルビルは、四階が出発ロビー、一階が到着ロビーになっている。

私立探偵の松永丈太郎《まつながじょうたろう》は、インド航空の到着便を待っていた。機は三十分遅れている。

松永は一枚の写真を、オフホワイトの綿シャツのポケットからそっと取り出した。

――片瀬直人《かたせなおと》、十九歳――彼は心の中で暗誦《あんしょう》した。

――大学二年生。大学では俺の後輩に当たる。身長百七十五センチ、体重六十キロ。やや細身――

松永は短めに刈られたくせ毛に指を突っ込み、しごいた。少しばかり苛立《いらだ》っている。そげ落ちた頰《ほお》と細い顎《あご》は不健康さではなく、冷徹さを物語っている。着やせする締まった体格は空手で鍛え上げたものだ。大きな白眼《め》がちの目とうすい唇には残忍なイメージがあった。

ようやく機が到着したというアナウンスが入った。

さらに待つこと二十分。乗客たちがロビーに姿を見せ始めた。

キャスター付きのスーツケースを転がしながら、胸をそらせて大股《また》で歩く白人の男。

声高におしゃべりしながらやってくる東南アジア系の家族づれ。疲れた様子の若い日本人の集団……。片瀬直人は、先頭から二十数人めに現れた。

写真で見るより、ずっと華奢《きゃしゃ》な印象があった。

紺の三つボタンのブレザーに、チャコールグレーのスラックス。紺とエンジのレジメンタルタイを締め、靴はローファーズ。スーツケースをひとつだけさげている。

柔らかいストレートヘアーが、ふんわりと頭を覆っている。彫りが深く、大きな目と長いまつげが印象的だ。

松永は、片瀬が自分に背を向けてから、ゆっくりと十数え、あとをつけ始めた。

相手は松永から見れば世間知らずの学生で、しかも自分が尾行されていることを知るはずもない。まかれる心配など、まったくなかった。松永は余裕をもった足取りで尾行した。

片瀬はまっすぐ出入口のドアに向かった。

自動ドアが開くと、不意に片瀬は立ち止まった。彼は振り返って、はっきりと松永のほうを見た。

松永は仰天して眼をそらした。

視線をもどしたとき、片瀬直人の姿はなかった。

松永は急ぎ足で出入口に歩み寄った。

南ウイングとのあいだにU字型に走っている車道、それにそった歩道、車道に囲まれた観光バス・タクシー乗り場……。どこにも片瀬直人は見当たらなかった。

松永は、リムジンバスを待つ人の列をすばやく目で追い、再びターミナルビル内にもどった。

北ウイングには、二カ所の出入口がある。一度外へ出て、また別のドアをくぐることも可能だった。

松永は広いロビー内を小走りに探し回った。いない。見るからにおとなしそうな学生は、突然、消えうせてしまった。


ペパーミントグリーンのパンツに、同色の太いストライプのシャツで着飾った男子学生が、浅薄な笑い声を上げて松永とすれちがった。

キャンパスの風情《ふぜい》もすっかり変わってしまった。変わらないのはとりすました研究棟や、どこか欺瞞《ぎまん》のにおいがする白いこぎれいなベンチと、わずかばかりの心のなぐさめになる木立の緑だけだった。

卒業以来、七年振りに足を踏み入れた四谷の母校だったが、感傷などは無縁のものだった。手もとにある片瀬直人のカリキュラムのメモをたよりに、彼の姿を見つけなければならない。

片瀬直人は、八号館の三〇二教室で国際関係論の授業を受けているはずだった。

メインストリートのベンチに腰かけ、松永は待った。授業が終わるまでに二本のショートホープが灰になった。

チャイムが鳴り、校舎から学生が吐き出される。松永は苦もなく片瀬直人を見つけた。ボタンダウンの白いシャツにチャコールグレーのスラックスという服装だ。彼はまっすぐ前だけを向いて図書館へ向かった。

ひとりの女子学生が、陽光に長い髪を光らせ、片瀬に走り寄った。淡いブルーのブラウス、衿《えり》は上品なジョニーカラー。やや濃い同系色のプリーツスカートを身につけている。

すれ違う学生が振り返っていく。

ふたりとも服装は決して派手ではない。それでも人目をひく輝きがあった。女子学生は、松永が驚いたほどの清楚《せいそ》な美人だ。

美しいふたりは、ひっそりと肩を並べて歩いた。

若いカップル独特の奔放な無邪気さがない。といって決してよそよそしいわけではない。それが松永の眼に、ふと不可思議な印象を与えた。

松永は、キヤノンのポケットカメラを取り出した。

彼は、何とか、その美しい女子学生の横顔をフィルムに収めることができた。

写真一枚あれば、身元を調べるのは簡単なことだった。

松永は、大学の教務科で女子学生の名を聞き出した。

水島静香《みずしましずか》。

学科は片瀬直人と同じ文学部史学科だった。父兄の名を聞いて松永は興味を覚えた。水島静香の父親は大蔵大臣の水島太一《たいち》だった。

与党内で、急速に力を伸ばし、次期幹事長の噂《うわさ》がささやかれている人物だ。

松永は大学を出て、路上駐車してあった愛車の五十三年型ニッサン・シルビアのシートに腰を降ろした。

松永は片瀬直人と水島静香の関係について思いを巡らせた。

確かに興味をそそられる取り合わせだった。

片瀬直人が、奈良の名士の養子であることを松永はつきとめていた。

直人は孤児だった。片瀬家は織物問屋から身を起こした名家で、直人が高校へ入学して間もなく養父も死亡した。現在の母親はその養父の後妻だった。片瀬直人は独立することを強く希望し、遺産を譲り受けて単身東京で学生生活を始めたということだった。

上り調子の国会議員と地方の名家という組み合わせは想像をかきたてたが、松永は、臆測《おくそく》を自ら禁じた。

彼は、エンジンをかけると、静かに大学の塀から車を離した。

3

日比谷公園をのぞむ帝国ホテル。スイートルームの一室で、服部義貞《はっとりよしさだ》は腹ちがいの弟忠明《ただあき》とともに、与党の要人と密談をしていた。

服部義貞はチャコールグレーのスリーピースで身を固めていた。年齢は四十六歳。背が低く、貧弱な体格をしているが、向かい合う者を圧倒する鋭い眼光を持っていた。

忠明はグレーの細い縦縞《たてじま》のスーツを着ている。年齢は三十二歳。彼だけが立っていた。細い目は瞬きが少なく、冷たく底光りしている。身長は百八十センチ以上あり、見事に鍛え上げられた体格をしていた。

義貞と忠明は同じ側にいて、紺色の背広に同系色のネクタイを身につけた五十がらみの男と向かい合っていた。

男の名は山崎《やまざき》。与党第二の派閥「興和会《こうわかい》」の戦略担当幹部だった。

「準備はつつがなく進んでいるということだね」

小柄な服部義貞の口調は柔らかで上品だったが、抗《あらが》いがたい迫力があった。

「はい」

山崎は、恰幅《かっぷく》のよさに似合わず落ち着きなく答えた。「幹事長中心に、総裁選の候補は一人にしぼろうという、話し合い路線の動きが活発ですが、おおせのとおり、うちで現首相に対立候補を立てることになりました」

服部義貞は、山崎を睨《にら》みすえた。

「対立候補を立てるだけでは何の意味もないのだよ。現首相には今期限りで退いてもらわなければいけない。私たちの手によって新首相を造り出さねば、すべては徒労なのだ」

「わかっております。現在、わが会をあげて全力で対処しているところです」

山崎は、言葉を付け加えたそうに、そっと眼を上げた。

「金か？」

「党の資金は、すべて幹事長が握っておりますが、現在の幹事長は現首相派でして……。自由になる金がどうしても……」

「不自由をしているようには見えんがな」

「確かに、わが党に集まる政治献金は表に出てくるだけで百数十億円。しかし、すべてが国民政治協会を通じて集まりプールされるのです。我々が欲しいのは、そうしたルートを通らない、自由に動かせる金なのです」

義貞はしばらく間をおいてから言った。

「わかった。金のことは、私たちが何とかしよう」

「私たちには時間がありません」

「我々服部が何とかするという意味がどんなものかわかっているだろう。安心したまえ。必ずいずれかの企業から金を出させる」

「失礼いたしました」

「くれぐれも言っておく。根回しにはおこたりのないようにな」

「はっ……。それと、もうひとつ……」

「何だ」

「現首相は我々の動向をたいへん気にしており、秘密裡《り》にさまざまな探りを入れてきているようです」

「当然だろうな。特に気になることでもあるのか」

「内閣調査室です。いまや室長の下条泰彦《しもじょうやすひこ》は完全に首相の私兵と言っていいありさまで……」

「君たちの会派のうしろで、私たち服部が動いていることを嗅《か》ぎつけられそうだというわけだな」

「はい」

「ふん」

義貞は心から楽しそうに笑《え》みを浮かべた。

「気にすることはない。知られたとしても、服部に手出しできる者などこの日本にはおらんよ」

山崎は、言葉を探しながら、じっと義貞を見つめた。

「わかった。面倒事は極力避けるのが利口だ。今後はなるべく君たちとの接触をひかえるようにしよう。君たちも、スパイごっこに夢中な連中の動きには注意してくれたまえ」

「承知しました」

「話はそれだけだ」

山崎は席を立ち、即座にドアの外に消えた。

義貞は静かに深呼吸してから立ち上がった。ワゴンの上のブランディーをグラスに注ぎ、一口ふくむ。

「安物だ」

彼はグラスをワゴンにもどすと、無言で立ち続けていた忠明を振り返った。

「どうだ忠明。わが服部家が文字通り日本を手中に収める日が近づきつつあるようだな。これは長い長い服部家の歴史のなかでも初めての快挙だ。そうだろう」

忠明は表情を動かすこともしなかった。

義貞は言った。

「そのためには、邪魔な人間を取り除いていかなければならない。気にかかるのは、片瀬直人の件だな」

忠明はわずかに頷《うなず》いた。

「よし、我々は屋敷に引き上げよう。大《おお》先生に報告しなくてはならない。屋敷に帰ったら、松永とかいう例の探偵を呼び寄せるのだ。さっそく一回めの報告を聞いてみたい」

松永は、きっかり朝八時に、片瀬のアパートの脇《わき》に姿を見せた。片瀬が部屋を出るのをじっと待ち、あとをつける。尾行は、片瀬が部屋にもどるまで続けられた。部屋の明かりは、決まって十二時前後に消える。松永はそれを見とどけてから帰宅する。

松永にとってつらいこの生活が一週間続いた。

片瀬直人は千葉の市川に住んでいた。京成電鉄の国府台《こうのだい》駅付近に、六畳間とダイニングキッチンの質素なアパートを借りている。

彼は大学のある四谷まで、国鉄総武線を利用していた。

大学と自宅。片瀬直人の日常はそのコースの繰り返しだった。

友人と酒を飲みに行くこともなければ、麻雀《マージャン》卓を囲むこともない。親しく言葉を交わす友人がほとんど見受けられなかった。

彼と唯一ひんぱんに顔を合わせるのは、水島静香だけだった。

このとびきり美しい娘はいつでも男子学生のあこがれの視線を浴びていた。彼女を眺めるのは、松永の楽しみのひとつにもなっていた。

片瀬直人は、国鉄四ツ谷駅の新宿側改札に向かって歩いていた。

八時まで大学の図書館におり、そのあと、『しんみち通り』と呼ばれる小路の大衆レストランでそそくさと食事を終えていた。時刻は九時になろうとしていた。

松永は駅に向かう坂を下り、ふと立ち止まった。駅前で人だかりがしている。

丈の長い学生服を着た角刈りの男たちと、スウェットのスポーツウェアを着た体格のいい集団がつかみ合っている。双方とも、そうとうに酒気を帯びている。

見ている間《ま》に、つかみ合いはエスカレートして殴り合いになった。

突きや蹴《け》りに充分な訓練のあとが見られた。突きの引き手が素早く、蹴り出すときの全身のバランスがとれているのだ。学生服を着ているのは応援団、スポーツウェアは少林寺拳法《けんぽう》部、と松永は当たりをつけた。

松永が驚いたのは、片瀬直人の態度だった。

片瀬直人は、道をふさいで殴り合う集団に向かってまっすぐ歩いて行く。その歩調はまったく普段と変わらない。

松永はミキサーに放《ほう》りこまれるトマトを連想した。

華奢な体が騒ぎに呑《の》み込まれた。

次の瞬間、片瀬直人は殴り合いを通り抜けて改札に向かっていた。

突然に喧嘩《けんか》は終わった。

今までさかりのついた犬のようにあばれていた学生たちが、一様に放心したような表情でしりもちをついている。

松永は眉《まゆ》をひそめた。目のまえで何が起こったのかまったくわからない。

四谷見附《よつやみつけ》の交番からふたりの警官が駆けてくる。野次馬は四方に散り、騒ぎは一件落着となった。

松永だけが立ち尽くしていた。

野次馬たちは、今起きたことに何の不思議も感じていない様子だ。それくらい短時間の出来事だった。

片瀬直人に注目していなかったら自分も気がつかなかったかもしれないと松永は思った。

彼は駅構内へ急いだ。総武線ホームへの階段を駆け降りる。

片瀬直人の姿はすでになかった。

小牧ジャンクションを過ぎ、松永の五十三年型シルビアは東名高速道路から名神高速道路に入った。

午前四時。猛烈に眠い。松永は大声を出したり、顔を風にさらし、心に鞭《むち》を当てながらどうにかここまでやってきていた。

サービスエリアの標識を視界のすみにとらえた松永は、知らず知らずアクセルから足を上げていた。

彼は大津のサービスエリアに車を寄せた。

熱いコーヒーをブラックですすり、うめいた。

松永がつらい夜通しのドライブをするはめになったのは、たった一本の電話のせいだった。

「明日の朝七時までに、笠置《かさぎ》山中の我々の屋敷まで来ていただきたい」

服部義貞の話はそれだけだった。

電話がきたのは、午後十時近くだった。車のほかに指定の時間に間に合う交通機関はなかった。

松永は窓の外に眼をやった。

真っ暗な琵琶湖《びわこ》の水面に青白い灯が映ってにじんでいる。右手に見える近江《おうみ》大橋のシルエットは、恐竜の化石を思わせた。

松永は勢いよくコーヒーをあおると立ち上がった。

大津インターチェンジで高速を降りると、松永のシルビアは国道四二二号を南下した。

十六、七キロ行ったあたりで国道三〇七号と交差する。

そのまま左へ行けば伊賀《いが》や甲賀《こうか》の里だ。

松永は県道にそれ、和束《わづか》川ぞいに下った。すでにシルビアは笠置山府立自然公園のなかを走っている。

さらに南に下れば、柳生《やぎゅう》の里がある。

伊賀だ、甲賀だ、柳生だと、やたらにものものしい土地だと松永は思った。

夜が明け始め、隙間《すきま》なく茂るブナやウラジロモミの原生林が白い息を吐いて、山がかすんでいた。

やがてドライブも終わりだった。

そこは屋敷というより、神社仏閣と呼んだほうが通りがよさそうだった。事実、土地の人々は神社だと思い込んでいた。屋敷の南の端にある古い社《やしろ》と鳥居のせいだった。広さは一学年五クラスほどの規模の高等学校程度。平屋《ひらや》建てだがぜいたくに檜《ひのき》を使ったたたずまいは、コンクリートの近代建築とは比較にならない風格があった。

屋敷の主の名は服部宗十郎《そうじゅうろう》。政界では絶大な権力を持つと噂されているが、一般には、その名もあまり知られていない。マスコミにほとんど登場することがないからだ。戦犯として名をつらねたわけではないし、疑獄事件に関わったこともない。

松永は知り合いの政治記者からその名を聞いていた。

その権力の基盤は財閥のような金銭力でもなければ、右翼団体や宗教団体のような組織力でもなかった。松永は常々疑問に思っていた。

松永がここを訪れるのは、これで二度めだった。

4

テニスコート二面が楽に取れる広い庭では、二十一名の若者が武術の朝稽古《あさげいこ》に励んでいた。彼らの出立《いでた》ちが風変わりだった。上半身は空手の道衣と変わらないが、帯をつけていない。上衣のすそを袴《はかま》のなかに入れているところは、剣道の道衣に似ていた。そのすそにはくくりがついており、足首のところで絞ってある。いわゆる指貫《さしぬき》の袴だった。

武術のユニフォームというより、忍者の装束を連想させる衣装だった。

服部義貞と忠明のふたり組が、松永を案内した。

松永は二十一人の若者たちの動きにしばし見とれていた。

胸のまえに構えた手で素早く突く。あるいは、だらりとさげた手が、鋭く三日月を描いて、相手の頭部を狙う。それを受けると同時に手首を返す。突き手は宙に弧を描いて地に投げられた。

蹴り技は空手のように洗練されてはいないが実に多彩だった。横、前、うしろ。上下左右、斜め、どの角度からでも自由に蹴り出す。蹴りに使用するのは、指のつけ根と踵《かかと》だけで、いわゆる足刀《そくとう》は使っていない。

何よりも手数の多さと、スピードは驚くべきものだった。

「どうです。空手三段の松永さんの眼からごらんになって」

服部義貞が庭を眺めやったまま言った。

「日本の少林寺でも気取ろうというのかな」

「これは、わが家に古くから伝わる体術です。わが家に出入りする者は、すべて修練しなくてはならない」

「気に入らないね」

「ほう……。何が？」

「いろいろとね……。第一に、俺にこんなものを見せてどういうつもりなのか気になる。第二に、あんたたちは俺の空手の段位まで知っているのに、そちらはこのあいだ会ったときから名乗ろうともしない。三つめは、こんな時間に遠くから俺を電話一本で呼び付けたこと。そして、最後に――」

松永は、目を背の低い男に向けた。「俺の依頼主は、服部宗十郎だそうだが、その依頼主が俺のまえに姿を見せようとはしない。これだけそろえば、気に入らないことのバーゲンセールができるぜ」

「そのバーゲンセールにつけた値段が、五百万円だったのですが……。安過ぎるとおっしゃるのでしょうか。私にはそうは思えませんが……」

「話がうま過ぎると思った。あんたたちは五百万ぽっちで、俺を奴隷にできるとでも思っていたのかい」

「仕事を始めたばかりのところでつまらんいさかいはしたくありません。よろしい。あなたのご不満のいくつかにお答えしましょう。まず、私の名ですが、服部義貞といいます。大《おお》先生……つまり服部宗十郎の長男です。今回は、服部宗十郎の代理と考えてくださって結構。こちらは、服部忠明」

松永は、瞬きの少ない不気味な光をもつ眼をちらりと眺めた。

「ここへ来ていただいたのは、あなたの腕前を披露していただきたいと思ってのことです。空手の三段と言われても、実際にはどれほどのものか、私たちにはぴんときませんからね」

「テストなら雇うまえに済ますのが道理じゃないのかい」

「テストではありません。あなたを雇うにあたってテストなど必要ありませんからね。私たちはボディーガードを雇ったわけじゃない。これは、純粋に武道家としての興味なんです」

「こっちは徹夜なんだ。あまりありがたくないね」

「もちろん、別手当てをお払いしますよ。あなたも、私たちの体術に興味がおありと見ましたが……。いかがです？」

松永は渋面を作って庭へ降りた。

準備体操をしていると、服部義貞が集団に向かって小さく頷きかけた。

潮が引くように若者たちは場所をあけた。

相手は二十歳前後の長身の男だった。

松永は向かい合うや否や低い回し蹴りで、相手の膝上十センチの急所を狙った。正確にヒットし、相手はバランスを崩した。

松永は間髪いれず飛び込み、顔面と胸へ突きを放った。顔面への突きは受けられたが、右手がディフェンスをやぶって相手のあばらをとらえた。相手は呼吸が止まったはずだ。

その場で素早く相手に背を向け、ターンの勢いを利用して後ろ蹴りで決めた。

敵は反撃する間もなかった。

「お見事」

服部義貞が笑みを浮かべた。「たいしたものです。だが、それでいい気になられては困ります。ただ今お相手したのは中級者、空手で言えば茶帯クラスです。こんどは上級の者がお相手しましょう」

「まだやるのかい」

服部義貞は静かに歩み出た。

「私がお相手します」

松永は一瞬驚きの表情を浮かべ、次に苦笑した。それくらい服部義貞の体格は貧弱だった。

上着を脱いだ服部義貞は松永に向かってはすに構えた。

「遠慮しないぜ」

松永は左手を高くかかげた。いわゆる天地の構えで、剣道でいえば最上段にあたる強気の構えだ。服部義貞の左足が音もなく前に滑り出た。松永の視界いっぱいに掌《てのひら》が広がった。

彼の体は宙に浮き、したたか地面に叩きつけられた。

松永はしりもちをついたまま、服部義貞の顔を見上げた。相手は笑っていた。見事な足払いだった。

跳ね起きた松永は、フェイントの右逆突き、左回し蹴り、さらに右の後ろ回し蹴りを続けざまに繰り出した。

すべて空を切った。

服部義貞の姿が松永の視界から消える。

松永は脇腹に相手の拳《こぶし》を感じた。息がつまる。一瞬後には、松永は再び足を払われて地面に転がっていた。

服部義貞の拳が、わずか一センチ残して松永の顔面に決まった。

松永はぐったりと地面に寝そべっていた。

服の埃《ほこり》を払いながら服部義貞は言った。

「さて、お遊びはこれくらいで、仕事の話に入りましょうか」

松永は大人にあしらわれた赤児《あかご》のように無力感に打ちのめされていた。

松永は四畳半の茶室であぐらをかいていた。服部義貞の点《た》てた茶をわしづかみで飲み干す。

風炉《ふろ》からかおる香や、かすかな蹲距《つくばい》の水音は松永とは無縁のものだ。見事な黒楽《くろらく》の茶《ちゃ》碗《わん》も、彼にとってはいびつなかわらけと大差なかった。

「そう膨れっ面をしないでいただきたい」

柄杓《ひしゃく》を取り湯で茶碗をすすぎながら服部義貞は言った。「あなたが決して弱いわけではありません。あなたのプライドのために言っておきます。私たち服部の一族は天才武道家の血筋なのですよ。そのうえ、私たちは物心つくころから、あの体術を毎日まいにち、みっちりと仕込まれるのです。私たちはあれを『角《かく》』と呼んでいますがね」

松永は、服部義貞のやりかたに腹を立てていた。彼が松永を『角』の稽古《けいこ》に参加させたのは、犬が飼い主に咬《か》みつかぬように釘《くぎ》を刺しておくためだった。金と武力、どこの世界でも同じだ。そして、服部義貞はその目的を果たした。

「あなたの仕事は、片瀬直人の日常生活について、知り得る限りのことを私たちにレポートすることでした。そのために、私たちは、あなたに片瀬直人のカリキュラムなど基本的なスケジュールをお教えしました。そろそろ一カ月が過ぎました。第一回めの報告を聞くのにいいころだと思いましてね」

「まだ何もわかっちゃいないよ。たぶん、あんたたちが知っている以上のことはね」

「それは期待はずれですな」

「こんな仕事は初めてだ。何をどう調べればいいのかわからず、俺はただ尾行を続けているだけなんだ。あんたたちは、何の目的で片瀬直人の身辺調査をするのか、彼はあんたたちにとって何なのか、そいつをちっとも話してくれない。とっかかりがつかめずに参っているんだよ」

「それは知る必要のないことです。私たちがあなたを選んだ理由のひとつには、あなたが片瀬直人の大学の先輩にあたることが挙げられます。近づくつてはあるはずです」

「そう簡単にはいかない」

「腕ききの探偵であることも調査済みなのですよ。私たちの期待を裏切らないでいただきたい」

「できればそうしたいがね」

松永は、肩をすくめて見せた。

「片瀬直人が片瀬家の養子だってことは知っているんだろう」

義貞は頷いた。

「彼の身の上については、我々はよく知っています。知りたいのは、現在、彼がどういう日常生活を送っているかです」

松永は片瀬が水島静香とつき合っていることを告げた。

義貞は心底おかしそうに笑い出した。

「何がおかしいんだ」

「いや、失礼。そのうちに、あなたも気がつかれるかもしれません」

「何にだ」

「それはそのときのお楽しみということにしておきましょう。ほかに何か……？」

松永は、四ツ谷駅前での不思議な出来事を話した。

義貞は無表情に何度も頷いた。

「……なるほど」

「こんな報告でいいのかい」

「結構です。今後あなたは片瀬直人と直接コンタクトを取れるよう努力してみてください」

「面倒な仕事だな」

「それについては、あなたに協力してくれる人がいます。片瀬直人が通う大学の高田常《たかだつね》造《ぞう》という教授を訪ねてごらんなさい」

「それでわかったよ」

「何がです？」

「何であんたたちが、片瀬直人のカリキュラムやインド旅行のスケジュールを知っていたか、ということさ。その教授から情報を得ていたというわけか」

義貞は意味ありげに微笑した。

「俺なんか雇わずに、その教授に探らせればいいだろう」

「無茶を言わんでください。大学教授が特定の学生をつけ回したりできるとお考えですか。私たちは、短時間により多くの正確な情報を探り出すよう訓練された人間を必要としていたのです」

「これまではその教授で充分間に合っていた。だが、教授の手には負えなくなったのでこの俺を雇った。つまり、あんたたちの計画が次の段階へ進んだということかな。もちろん、どんな計画かは知らんが」

「計画ね……」

義貞は笑った。「まあ、あなたは知らなくてもよいことです」

「そのようだな」

「もうひとつ、私たちがあなたを必要とした理由は、あなたの武道家としての眼です」

「武道家の眼？」

「あなたが報告してくださった四ツ谷駅前のできごとに、私たちは大変興味を覚えます。片瀬直人が本当に武術を身につけているのかどうか。それがどの程度のものか、あなたならつきとめることができるでしょう」

「庭にいた若いのをけしかけてみたらどうだ。そのほうが手っ取り早い」

「私たちは慎重を期したいのです。できる限り私たち自身は手を下したくない」

「おまけに俺を雇えばその教授に、互いを監視させることもできるというわけだ」

「そこまでお考えなら、言うことはありません。情報網は二重三重に張りめぐらしておくのは常識ですからね」

「で、報告のたびにここへ来なきゃいけないのかい」

「ここへおいでになるのは今回限りと考えてください。今後は、東京でお会いすることになります」

「話はそれだけだな」

「食事を用意してあります」

「せっかくだが、一刻も早くここから逃げ出したいんだよ」

松永は立ち上がった。

躙口《にじりぐち》から苦労して外へ出ると、服部忠明が不動の姿勢で立っていた。松永はその眼を見ていやな気分になった。

服部義貞が水屋口から現れた。

「念のため訊《き》くが、この人はあんたより強いのかい」

服部義貞が微笑を浮かべた。

「私の腹ちがいの弟ですがね。私はとてもかないません」

「だろうな」

松永は門の出口へ向かった。

5

ドアには「文学部哲学科、高田常造教授」という表示がかかげてあった。

松永がノックすると「どうぞ」という太い声がドアのむこうから響いた。

高田常造は、五十五、六で恰幅《かっぷく》がよく、大学教授というより、ジャーナリストか評論家のイメージがあった。

あめ色で太い縁の眼鏡をかけ、白いものの混じった髪は衿にかかるほど長い。特に濃いもみあげが精力的な感じを与える。

「どなたですかな」

松永は名刺を取り出して、高田教授の目の前に置いた。デスクの上をちらりと眺めやり、高田常造は眉を動かした。

「私立探偵？　興信所のかたですか」

「そんなところです。もっとも、たったひとりの事務所ですがね」

「学生の就職活動の時期には、よくあなたのようなかたがおいでになる。しかし、ちょっと時期が早いようですが……。どんなご用件ですか」

「うかがいたいのは、片瀬直人という学生についてです」

「ほう……。片瀬君について……」

教授はデスクの前にある椅子《いす》をすすめる身振りをした。

「いや、このままでけっこう」

「で？　どんなことがお知りになりたいのですか」

「片瀬直人は、先生のゼミの学生ですか」

「いいや。彼は確か史学科の学生だったと思います。私が一般教養の講義でしゃべったあることに興味をもったらしく、よく私のところへ訪ねてくるようになりましてね……。ついさきほども本を三冊ほど持って行きましたよ」

「新学期が始まったばかりだというのに熱心なこった。彼が、この夏休みを利用してインドへ行っていたのを知っていますね」

「そうらしいね」

「目的は？」

「さあ……。そこまでは」

「心当たりはないんですか」

「ちょっと待ってくれたまえ。ひとつ訊いていいかね。君はどういう目的で片瀬君のことを調べているのかね」

「依頼があったからですよ。普通は依頼主の名は明かさないもんですが、今回はあなたにそれを話したほうがいいようですね。あなたはきっと協力してくれるはずだと依頼主も言っていました」

「どういうことかね」

「もう察しがついていることと思いますがね。服部宗十郎ですよ」

高田常造は視線をそらし、苦々しげに首を振った。

「インド旅行の話でしたね。何か知ってることを話してくれませんか」

「彼が研究している何かに関係あるのでしょうね。これでインド旅行は三度めらしいですから」

「ほう……。今どきの学生でも熱心に研究なんかするんですか」

「彼は特別ですよ。どこか、こう、一般の学生とは違っている」

「どんなふうに」

「孤高のイメージがあるんですな。何かしら近寄りがたい雰囲気を持っている」

「……で、その片瀬直人が興味を持った、先生の講義ってのは？」

「ああ……。釈迦《しゃか》の武術の話ですよ」

「何ですか、それは」

「釈迦が武術の達人だったという事実が仏典に残されているのですよ。世界一平和な宗教といわれる仏教だが、もともと絶対的な非暴力を説いているわけではないのですよ。力愛不二《りきあいふに》といって、仏教における平和の概念は非常に奥深いものなんですな。また活殺《かっさつ》自在《じざい》という言葉もあって、これは一言で言えば、相手を殺すことのできる人間が相手を活かし、自分も活きることができるという思想です」

「講義はまたにしてもらいましょうか。片瀬直人が興味を持ったという釈迦の話を聞かせてください」

「釈迦は少年時代にインド七大仙人《せんにん》のひとり、ヴィシュヴァーミトラに師事したことがあるといわれています。この仙人はヨーガの名人であり、同時に武術の達人でした。……というより、当時ヨーガのなかに武術の要素が未分化のまま、多く残されていたのだといわれています。時を経るにしたがい、健康術や瞑想《めいそう》術の要素だけが残されていったのですね。これは中国拳法の太極拳にも見られる現象です。釈迦は、ヴィシュヴァーミトラ仙人から武術を伝授されていたのです」

「何のために」

「考えてもごらんなさい。釈迦が法を説いて歩いたのは、いわば無法の時代です。腕に覚えのない者が説教などしても、誰《だれ》が聴こうとします？　逆に、無法者にあっさりと殺されてしまったでしょうね」

「なるほどね」

「仏典のなかでは、釈迦の武勇伝が語られています。殺人鬼のアングリマーラというバラモンの青年を、釈迦が仏教徒として回心させたという話です。アングリマーラという若者は百人の人間を殺し、その指で首飾りを作ろうという物騒な悲願を抱いていました。九十九人まで殺したところで、どうしても獲物が見つからない。そこで彼は自分の母親を殺して目的を達成しようとする。その噂を釈迦が聞いて、サーヴァッティーというところの四ツ辻《つじ》でアングリマーラと対決するわけです」

「おもしろいじゃないか」

「ここからがすごいのです。アングリマーラは、えいやとばかりに剣で釈迦に切りかかる。釈迦は素手です。しかし、いくらアングリマーラが切りつけても、間一髪というところでかわされてしまうのです。真っ赤になって怒ったアングリマーラは『動くな』と怒鳴りました。すると釈迦は、こう一喝したのです。『私は動いていない。動いているのは、そっちのほうだ』」

「ほう……」

松永は笑いを洩《も》らした。

「君の拳を拝見したところ、空手か何かおやりのようですな」

「先生もなかなか油断のならない人ですね。お察しのとおり、いちおう空手三段の免状は持ってますよ」

「ならば、今の話がどれくらいにすごいことかよくおわかりになったでしょう」

「剣を持った男に、素手で立ち向かったというだけでもすごい。俗に剣道三倍段と言われましてね。剣道の初段は他の武道の三段に匹敵するという意味です。それくらいに武器を持つというのは有利なことなんです。もっとも、今の話をどこまで信じていいか……」

「片瀬君は信じたようですね」

「彼はその話を聞いて以来、先生のところへ通うようになったというわけですね」

「そういうことです」

「どんな話をするのですか」

「そう……。文献の話が多いですな。いつもここから好きな本を借りて行くのですよ。古代インド文明が日本におよぼした影響なんかを気に入って調べているようですね」

「さっきここから持って行ったという本は？」

「J・マーシャルの『モヘンジョ・ダロ・アンド・ザ・インダス・シヴィリゼイション』、レヴィの『ラ・ドクトリン・ドゥ・サクリフィス・ダン・レ・ブラーフマナ』それと『日本原始古代文化の研究』の三冊ですな」

「原書で？」

「ええ」

「へえ、たいしたもんだ。ところで、彼が特に親しくしている友人は？」

「さあ……。学生の私生活についてはまったくわかりませんなあ。中学や高校じゃないんだし、第一、私は彼の学科の担当じゃない」

「なるほどね。インド旅行については何か言ってませんでしたか」

「実り多い旅だった、とだけ……」

「最後にもうひとつ。服部の人間は、片瀬直人が先生に近づくまえに接触してきたんですか？　それともあと？」

高田常造はわずかに表情をゆがめた。

「あとです」

松永は頷くと、踵《きびす》を返した。

「君は――」

その背に向かって高田常造の声が飛んできた。「彼らとどういう関係なんだね」

「言ったでしょう。雇われたんですよ」

「それだけかね」

「今のところはね。先生には、片瀬直人が何を調べようとしているのか、できるだけ詳しく探っていただくことにしましょう。いいですね」

高田常造は何も言わなかった。

「また近いうちに、お邪魔することになると思います」

「あまりありがたくないね」

「私もご同様です。ただ、仕事なもんでね」

アスファルトを焼く日が西に沈むと、風がわずかばかりの秋のにおいを運んできた。

四谷を出た松永の車は赤坂を抜け、溜池《ためいけ》の交差点を右に折れると六本木へ向かった。

防衛庁脇にある『サンセット』は、カウンター中心のアメリカン・バーで粋な遊び場に目のない若者たちが集まる酒場だった。

調度は、ごつごつとした木肌と派手な原色が交差している。アメリカの雰囲気を意識しているのだが、チャイナ服を着たサムライを映画に登場させるアメリカ人に対して文句が言えないような造りだった。

適度な暗さの照明だけが松永にとって快かった。

高いカウンターに立ったままもたれかかり、松永は五百円硬貨を放り出した。

「ビール」

口髭《くちひげ》のバーテンダーがバドワイザーのせんを指でこじあけた。

「松永さん、車じゃないの」

「帰るまでには、醒《さ》ますよ」

「気をつけてくださいよ」

「あいかわらず、ひどい店だ」

「来なきゃいいのに」

「目的は店の雰囲気じゃないからな」

「また女の子をめっけようって魂胆ですか」

「それ以外に、この店に何のとり柄《え》がある？」

苦笑を浮かべて、バーテンダーはカウンターごしに顔を近づけてきた。

「ほら……。あそこの三人組。あれなんか、今夜のおすすめ品ですよ。男を探しに来たのが見えみえだ」

「そう思ったら、さっさとカクテルでも作ってとどけたらどうだ」

松永はカウンターに千円札を二枚置いた。

特製のフローズン・ダイキリがとどくと、三人の娘たちは、驚きの表情を浮かべ、ぎこちない挨拶《あいさつ》を松永に送ってきた。

三人が自分の品定めを終えるころを見はからって、松永は彼女らに近づいた。

反応は悪くない。

「おじさんの話し相手をしてくれるかい」

一時間ほど軽い会話を交すと、松永は三人に別れを告げ、店を出た。

外の公衆電話でバーテンダーを呼び出す。

「真ん中の白いミニスカートの娘《こ》をたのむ」

彼女は不審そうな声で電話口に出た。

「さっきのおじさんだよ」

「なあんだ。びっくりした。こんなところに電話がかかってくるはずないんだもん」

「おめでとう。君は今夜のミス六本木だ。お祝いに食事をおごろう。そのあとはドライブだ」

「ええ……。でも……」

「三十分したら、先に帰ると言ってふたりと別れるんだ。『エンドレス』という喫茶店は知ってるか」

「知ってるけど……。ちょっと待ってよ……」

「そこで待ってる」

やや間があってから彼女は言った。

「わかったわ。三十分後ね」


女の胸は大きくはないが、若々しい弾力があった。触れるとふたつの突起がすぐさま固くなる。

なめらかな背をなぞると、張りのある肉体が反《そ》り返った。

女は鼻から甘い声を洩らした。

ゆっくりと侵入すると、彼女は息を呑み、顔をのけぞらした。

若い娘はベッドの上でもリズム感があった。

彼女は二十一歳の女子大生だった。

横浜インターチェンジそばのモーテルで、松永は、食事代やガソリン代の代償として、瑞々しい肉体をわがものにしていた。

女子大生がシャワーを浴びに行く。

松永は白いシーツを腰に巻き、ほてりが引くときのけだるさに身をゆだねていた。

ショートホープの煙がゆっくりと天井に広がっていった。


松永は三日の間を置いて、再び高田教授を訪ねた。

「君か……」

「そう迷惑そうな顔をしないでくれ。頼んでおいただろう。片瀬直人が何を研究しているのか調べておいてほしいと」

高田教授は松永の口調が前回と変わっているのに気づき、いやな顔をした。

「話はしてみましたよ。それとなくね」

「……で？」

「断片的なことしかわかりませんでしたよ。彼は仏教伝来以前に、日本に古代インドの文明が伝わった形跡はないか、などと訊いていました」

「ほう……。で、そんなものはあるのかい」

「あって不思議はありませんね」

「聞かせてくれないか」

「シルクロードというのを知っているでしょう。メソポタミアから大陸を通って様々な文化が日本に入ってきています。日本は古代から、いや先史時代から海外文化の吹きだまりだったんですよ。正倉院にはペルシャの宝物がおさめられているし、法隆寺の柱はエンタシスというギリシャ神殿建築の影響を受けています。これは中学生の歴史の教科書にも載っていることです。言語にしてもそうです。日本語の古代語の多くは、メソポタミアのウル、シュメール語と共通のものが多い。天皇の古称のスメラはそのものずばりシュメールから来ていると主張する学者もいるくらいです」

「肝心のインドはどこへ行ったんだ？」

「ヘレニズム文化というのを聞いたことがあるでしょう」

「大学入試が終わったとたん忘れちまったよ」

「マケドニアのアレキサンダー大王は、ギリシャ、エジプトから北インドにかけて広大な王国を築きました。ここで、ギリシャの文化やインドの文化がごちゃ混ぜにされたのです。それが中国に伝わり、やがて日本にも伝わる。インドの文化の一部が日本に入っていても不思議はありません。しかも陸路のシルクロードだけでなく、海のシルクロードと呼ばれる海路もあったのです。こちらからも、インド文明が日本に伝播《でんぱ》したことは充分に考えられます。現に、さきほども言いました法隆寺の金堂壁画はインドのアジャンタ壁画の影響がうかがえました。一九四九年に焼けてしまいましたがね」

「片瀬が尋ねたのはそれだけか」

「彼は羅漢に興味を持っているようでしたね」

「羅漢？　へんてこな恰好《かっこう》で並んでいるあの仏像のことか」

「半分正解ですね。羅漢は阿羅漢《あらかん》ともいいます。梵語《ぼんご》のアルハットの音訳で、もともとは『供養を受けるに値する者』という意味です。アルハットは、小乗仏教においては、仏教修行者の最高位をさす言葉です。原始仏教時代には、悟りを開いた者をさし、仏と同格でした。しかし、大乗仏教が興隆してくるとそれに菩薩《ぼさつ》が取って代わり、アルハットは単に声聞《しょうもん》、独覚《どっかく》という自己中心的な修行者たちの最高位という位置付けをされてしまいました。仏教が近代化するためには他人を救済するという菩薩のほうが都合がよかったのですな」

「都合がね……。いい加減なもんだな」

「宗教なんてのは、君、そんなものですよ。俗世間を相手にするのが宗教です。本来の哲学や知恵とは無縁のものだと言っていい」

「片瀬直人は何だって羅漢なんてものに興味を持ったんだ？」

「さあね……。そういえば、羅漢が日本に伝わったのはいつのことか、などと尋ねていましたよ」

「いつなんだ」

「当然、仏教伝来と同時でしょう。したがって六世紀のことですね。本格的に信仰され始めたのは禅宗が広がってから……つまり十二世紀以降だと思いますね」

「禅と何か関係があるのかい」

「大乗仏教においては一度菩薩にその座を追われた形の阿羅漢が、唐代の中国で復活するのです。羅漢は禅宗の理想像、真の自由人としてあらためて描かれるわけです」

「片瀬直人にもそれを話したんだな」

「同じことを同じようにね」

「何と言った？」

「仏教伝来以前に羅漢だけ日本に伝わっていた可能性はないかと訊かれました。私は何とも答えられないと言いましたがね……。なかったとは言い切れないのですから。さきほども言ったように、インド人やインド文明はあらゆる時代に日本に渡って来ている可能性がありますからね」

「わかった。そのほかには？」

「よほど釈迦の武術が気に入ったのでしょうね。空手や中国拳法のことをえらく気にして、そのルーツをたどっているようなことを言っていましたね」

「ほう……。ようやくとっかかりがつかめそうな話になってきた」

「どうするつもりです？」

「武術の話なら、こっちも嫌いじゃない。彼と直接話すきっかけがつかめたってことだよ」

「それが君の……」

「そう。役目というわけさ」

6

いつもは冷たい静寂に包まれている屋敷内に、衣《きぬ》ずれの音があわただしく行き交《か》っていた。

毎朝ていねいに雑巾《ぞうきん》がけされ、黒光りする廊下を、何人もの若者が歩き回っている。

「なに。大《おお》先生が……」

八畳間で調べ物をしていた服部義貞が、顔を上げた。

「よし。すぐ行く。おまえたちはいい、退《さ》がっていなさい。忠明にすぐここへ来るように伝えるのだ」

しばらく服部義貞が腕組みをして待っていると、障子に大きな影が映った。

「忠明か」

軽い音とともに障子が開いた。

「大先生が私たちをお呼びだそうだ」

忠明は頷《うなず》きもせずに義貞を眺めている。義貞は立ち上がった。

「急ごう。お待たせするわけにはいかない」


「ことの重大さはわかっておるのだろうな。義貞」

襖《ふすま》を隔てた奥の間から、すすきが風になびく音のように嗄《か》れた声がした。次の間で襖に向かって正座した義貞は、隣の忠明と顔を見合わせた。

「はい。わが服部家の今後の明暗を分ける一大事と心得ております」

しばらく間があり、また嗄れた声が聞こえた。

「決しておまえたちを見くびって言うのではない。が、世の中には実より名を取る世界があるものじゃ。これまで服部家は陰の存在でありながら、世をあやつってこられた」

「おおせのとおり、すべて大先生の名があったればこそです」

「時代じゃ、義貞。この宗十郎までの代は、服部を支える世の動きがあった。それがこのわしをここまで大きくしてくれた。しかし、戦後の民主主義とわが服部家とは、どうにもうまく折り合いがつかん」

「大先生がおられる限り、服部家の力が衰えることはありません」

「それじゃ、義貞。このわしはもう長くはない。わしはそれを悟った。この宗十郎亡きあとの服部家のことが案じられてならん。わしの力が及ぶうちに、服部家の力をより磐《ばん》石《じゃく》なものにしておかなければならん。わかるな、義貞」

「はい。そのためには二つのことが必要かと……」

「そのとおり。ひとつは、政治の表舞台に手を伸ばしておくこと。今の世は、実権が何よりも必要じゃ。そして、いまひとつは、服部家存続にとってより重要なことじゃ」

「葛野連《かどののむらじ》の宝剣ですね」

「今では、服部家の血統を証明するものは、葛野連の宝剣だけとなった。しかし、大戦が終わって間もなくのこと、その宝剣が贋物《にせもの》であることが判明した。これまでは隠しおおせてきた。が、このわしの死を機に宝剣の真偽が問われる事態がもち上がることは充分に考えられることじゃ」

「本物のありかも、じきに判明するかと……」

「うむ……。くだんの学生じゃが……」

「片瀬直人でございますか」

「そやつは、自分の血筋の秘密を知っておるのか」

「まだ何とも申し上げられません」

「片瀬直人か……。その男が、自分自身の血統の秘密を知っておるのか否か、わしは、それが一番気にかかる」

「できる限りの手を打っております」

長い沈黙の間があった。

義貞は襖に金粉で描かれた鳳凰《ほうおう》の図柄をじっと見つめていた。

「萩《はぎ》は咲いたか」

宗十郎は尋ねた。

「今年はまだのようです。が、もうじきではないでしょうか」

「萩を見に、近々、庭にでも出てみようか」

義貞と忠明は無言で顔を見合った。

「もうよい」

服部宗十郎は言った。「退がっておれ」

すり切れたエンジの絨毯《じゅうたん》を踏みしめ、首相は疲れきった眼《め》で振り返った。その眼に、衆議院本会議場の演壇が映った。

凝《こ》った浮き彫りをあしらった戦場。両脇《わき》には、そのマウンドへ上がるための、扇型をした六段の階段がある。

本来ならさざ波すら立たない問題をほじくり出して、津波を起こそうとする野党との戦いもようやく終わった。

首相はけだるげに左側に眼を移し、金の飾り枠のついた丸く白い掛け時計を見た。律儀に大きな数字が記された時計は、十一時半を示していた。

天井のステンドグラスが暗くくすんでいるところから、首相はどうにかそれが夜の十一時半であることを知るというありさまだった。

五つある出口のうち、首相は中央を選んだ。ドアの上を飾っている唐草模様のすかし彫りを見るともなく眺め、両開きの出口をくぐる。

濃紺無地の背広を隙《すき》なく身につけた側近のひとりが、ファイルをかかえて駆け寄った。

首相は振り向きもせずに声をかけた。

「私は公邸にもどる。下条泰彦を呼べ」

「はっ」

「十五分後に、私の部屋に来るように言うんだ」

「わかりました」

走り去ろうとする側近を、首相の声が追いかけた。

「それと、スコッチのオンザロックをダブルで用意するように言っておいてくれ」

内閣調査室室長の下条泰彦は、きっかり十五分後に現れた。首相はウイスキーを飲み終えていなかった。

「かけたまえ」

首相は、机のうしろでくつろいだまま、斜め前に置かれた椅子《いす》をグラスを持った手で差し示した。

「さっそく用件に入ろうじゃないか。さきほど君が電話で言った話は本当なのか」

「間違いありません」

「今回の総裁選で、私の再選を阻む動きがある。そのうしろに服部宗十郎の影があるというのか」

「はい……」

「どうしてまた服部宗十郎が……」

「たぶん、あせりではないかと思いますが」

「あせり？」

「服部宗十郎ほどに力を持った人間でも、勝てぬものがあります」

「なるほど、老いか。彼は死期を悟ったというわけか」

下条泰彦は頷いた。

「宗十郎は、息子たちに確固たる力の証《あかし》を残しておかねばなりません」

「しかし、こちらとて譲るわけにはいかん」

「わかっております」

「本当に理解しておるのか、君は。私にはどうしてももう一期の時間が必要なのだ」

「内閣統合司令部構想ですね」

「君には、その至難に満ちた壮大な構想を充分に理解してもらわねばならない」

「佐藤内閣の初期――確か一九六四年の秋だったと思いますが、内閣補佐官制度を設置すべきだという動きがありました。統合司令部構想とは、その補佐官制度をさらに拡充させたものだと聞いておりますが」

「佐藤内閣の計画は、官僚たちと野党の猛反対にあった。首相官邸に権力が集中し過ぎるおそれがあるというのがその理由だ。しかし、この計画には、佐藤さん自身も反対だったのだ」

「……と言いますと？」

「補佐官など必要なかったのだ。いや、実質的に補佐官的人物を事に応じて自由に身近に置ける制度が便利だったのだよ。そして、そのやり方が現在にいたっている」

「なるほど……。内閣統合司令部構想は、福田赳夫《たけお》内閣時代に練られたものだそうですが……」

「その通り。福田内閣と言えば、まず日中平和友好条約締結が頭に浮かぶ。この条約は難産だった。まさに紆余曲折《うよきょくせつ》の道をたどった。なぜだかわかるかね」

「米ソ両国のことを考えれば迷うのも当然と思いますが」

「それもある。だが、事の本質は別だ」

「なるほど、内閣統合司令部構想実現のための時間かせぎだったというわけですね」

首相は頷いた。

「福田内閣は、組閣と同時に日中条約というテーマを打ち出し、締結までになるべく時間をかけたかった。できれば、それをエサに任期をもう一期伸ばしたかったのだ」

「その裏で、着々と内閣統合司令部のための準備を進めていた……」

「覚えているだろう。当時の栗栖《くりす》統幕議長の発言を。『自衛隊が有事に即応するためには、超法規的行動もあり得る』という一言だ。それが起爆剤となって、有事立法論議がまき起こった。内閣統合司令部構想の地固めだったのだよ」

「しかし、その構想は日の目を見ませんでした」

「総裁選で、大平君に座を譲らねばならなかったんだよ。実は、このことは福田君が首相に就任する際に、田中、大平、福田の三派連合と申し合わせていたことなのだ。福田君は一期で首相の座を去らなければならなかった。それで、置きみやげとして、そそくさと日中条約を締結してしまったわけだ」

「今、我々は、福田内閣と同じ運命をたどるおそれがあるのですね」

「それが許されなくなりつつある。国際情勢の変化だよ」

「アメリカの影響力の相対的低下ですね」

「そうだ。アメリカの力が絶大で、日本はその軍事力の陰で経済を成長させていればいい。そう考えていられたのは、もう過去のことだ。アメリカは、経済大国となった日本に、積極的に西側陣営の一翼を担うことを求めてきている」

「地理的にも日本は重要な軍事ポイントとなり得ますからね」

「そう。有事の際のことを考えてみたまえ。宗谷、津軽、対馬《つしま》の三海峡が一気にクローズアップされる。アメリカは三海峡の封鎖を日本に強く要求してくるだろう。そうなれば、ソ連は直接日本に砲火を向けるだろう。三海峡を自由通過させて知らんぷりをしたとする。そうなると海上戦略上、西側が不利になり、どちらにしても日本は無事ではいられなくなる。日本は、今後、パワー・ポリティクスに関して確固とした戦略を持たねばならないのだ」

「よくわかります」

「内閣統合司令部は必要なのだ。そのためには、私のもう一期の任期がどうしてもいる。服部は確かにとてつもない力を持った家柄だ。しかし、ひとつの家柄に過ぎない。いわば、遠い過去の草むらから顔を出した妖怪《ようかい》なのだ。服部家の安泰をはかるということのためだけに、日本の未来をあやうくするようなまねは断じて避けねばならんのだ」

「おっしゃることは、よく理解できます。王将を取らぬ限りは、問題の解決にはならないというわけですね」

「やれるかね。私には時間がない。彼らは、総裁選に向けて、すでに根回しを開始している。今だ。彼らを叩《たた》くのは今しかないんだ」

「すでに我々は、服部家に対して行動を開始しています。極秘で我々の手の者が調査活動を行なっているのです。それで、興味深い事実を発見いたしました」

「何だ」

「服部は、手を尽くしてある人物の調査を行なっています」

「何者だ？」

「片瀬直人という名の大学生です」

「いったいなぜ」

「それはまだ調査中です。しかし、服部家はその大学生に普通ではない関心を抱いているようです。きっとその学生は何らかの事情を握っているにちがいありません」

首相は、しばらく間を置いて、それから大きく溜息《ためいき》をついた。

「私はこの地位に登るまで服部家の力はいっさい借りていない。私は服部家とは無縁だ。無縁であることが、今、私を不安にさせている。この地位は、政治家として最高の権力を約束してくれると信じていた。事実、数々の恩恵にもあずかった。しかし、服部宗十郎がくしゃみをしただけで、この最高首脳がびくびくしなければならない。正直に言って、私は服部家の力がおそろしい」

総理大臣は再び言葉を切り、間をとった。

「君にあらゆる権限を与える。服部宗十郎の手を断ち切ってくれ」

下条はゆっくりと笑《え》みを浮かべた。

「おおせのとおり、すみやかに」

7

「やあ、片瀬君……片瀬直人君だね」

松永は研究棟の前で、くったくのない笑顔を作っていた。初対面の学生に対し、素姓をいつわるのには充分の演技力だった。

学生は立ち止まり、松永をまっすぐに見返した。

眼が秘境の湖沼のように澄み、深い静けさを宿している。すい込まれるような魅力があった。

「高田教授のところへ行くんだろう」

「ええ……」

「教授は急用で出かけてしまった。約束の時間にはもどれそうもないそうだ。僕が君の相手をするようにと先生に言われたんだ。僕は松永丈太郎。高田先生の教え子だったたんだ。先生が言うには、君と僕は話が合いそうなんだそうだ」

「先生はおでかけですか」

「とにかく、立ち話もなんだ。もし、迷惑じゃなかったら、お茶でも飲みながら話をしないか」

「はい……」

警戒心のかけらもなかった。それがまた、松永に不思議な印象を与えた。

松永は、成田空港で顔を見られているのではないかと訝《いぶか》ったが、片瀬はそれらしいそぶりを見せない。

裏門を出て右に坂を下ったところにある喫茶店は、松永が学生時代によく油を売ったなつかしい店だった。

「高田先生から聞いたよ。釈迦《しやか》の武術とやらに興味があるそうだね」

アイスコーヒーをまえに、松永はさっそく切り出した。

「はい」

「自分でも何か武道はやるのかい」

「いいえ。まったく縁がありません」

松永は片瀬の拳《こぶし》や筋肉の付きかたをつぶさに観察した。

空手をやっているのなら、拳の人差し指と中指の付け根が角質化して盛り上がっているはずだし、日本少林寺拳法なら小指と薬指の側にタコができているはずだ。肩の三角筋、広背筋、力こぶのちょうど裏側にあたる上腕三頭筋などが、格闘技をやっているうちに必ず発達してくる。

片瀬には、そのいずれも見られなかった。

「高田先生の話によると、空手や拳法についていろいろ調べて歩いているそうだが……」

「ただ興味があるだけです。自分でやろうなんて思ったこともありません」

「空手や拳法のルーツを探っているそうだね……」

「どうしてそんなことまで……」

「僕も同じことに興味を持ってるんだ。高田先生はおもしろがって教えてくれたんだ。僕は、大学時代に空手部にいてね。卒業してからも時々道場へ通っている。自然と興味が湧いていろいろ調べたというわけだ。君の知らないようなことを教えてあげられるかもしれないよ」

「そうですか……。実は空手に関しては困っていたんです。あんなにたくさんの流派があるとは思いませんでした」

「有名なものでは、剛柔流《ごうじゅう》、和道流《わどう》、糸東流《しとう》、松濤館流《しょうとうかん》などがある。新しいところでは常心門《じょうしんもん》なんかが有名だな。極真会《きょくしんかい》もひとつの流派だし、それぞれが枝分かれして、僕なんかも知らない流派がいっぱいある」

「どう違うんですか」

「重視する型《かた》がそれぞれ皆違う。大きく那覇《なは》手系と首里《しゅり》手系に分かれると言われているが、この二つは見た感じもずいぶんと違う。那覇手系は剛柔流などがそうだが、立ちかたはおもに三戦《サンチン》立ちを使い、力強い技が多い。南派の中国拳法の影響が見られるね。ひとことで言えば、破壊力を鍛えるのがこの系統だ。一方、首里手系の糸東流などは、立ちかたとしては三戦の代わりに前屈立ちというのが使われる。猫足立ちもよく使用されるな。突きや蹴《け》りは那覇手に比べると、のびのびとしている。力よりもスピードというイメージがあるね」

「見た目は似ていますが、空手と少林寺拳法とは別のものなんですね」

「拳の出しかたからして違う。空手の突きや蹴りは、一撃必殺を理想としているから、瓦や板を割って破壊力を鍛えたり試したりする。少林寺拳法では決してそういう鍛練はやらない。少林寺拳法の決めは、柔法によるものが多く見られる。空手に比べると、突き蹴りは補助と言えるだろうな。ちなみに言えば、中国の少林拳と、日本の少林寺拳法は全く別のものだ。これは一目瞭然《りょうぜん》だよ。日本の少林寺拳法は、僕は古来の柔術に由来していると思うね」

「空手の原型は、やはり中国の少林寺で行なわれた拳法なのですか」

「確かなことは今でもわかっていない。だが、そう考えてほぼ間違いはないだろう。空手が生まれたのは沖縄だが、十四世紀ごろ中国から拳法が沖縄に伝わったと言われている。沖縄に当時三人の王がいた。三山分立時代と言われている。そのうちのひとり、察《さっ》度《と》王が中国と交易を始めた。そのときに中国拳法が伝わったらしい。沖縄には古来、手《テエ》と呼ばれる武術があって、それと中国拳法がミックスされたのが空手だ。空手はもともと唐の手と書いたが、沖縄古来の手《テエ》と区別するためにそう呼ばれていたんだな」

「どうして沖縄で空手が発達したんでしょう」

「江戸時代の初期に島津藩が沖縄を征服した。……で、島津藩は徹底的な武装解除をやったんだ。それが理由と言われているがね……。中国に近く沖縄の人たちが中国拳法に親しむチャンスも多かったろうしね」

「はあ……」

「納得していないようだね。わかるよ。徹底した武装解除は何も沖縄島民に限ったことじゃない。本土の農民だって同じことだ。しかも、明治以前の日本は農民の人口が圧倒的に多いんだからな。僕は、やはり古来の手《テエ》の伝統のせいだと思う。手《テエ》抜きでは、沖縄の空手の発達はなかったろう」

「その手《テエ》についても、同じ疑問が湧いてきます。どうして沖縄で発達したのでしょう」

「僕はたぶん、インドが関係していると思うよ」

松永は心のなかでにんまりした。この話をするために、何冊もの本を読みあさったのだ。

片瀬は松永の投げた餌《えさ》に食いついた。

「インドですか」

「ナポレオンがイトマン漁民のことを記しているという有名な話がある。イトマン漁民というのは沖縄南部の漁民だ。当時すでに彼らは、はるかインド洋まで漁に出向いていたと言われている。オフィシャルでないにしろ、彼らがインドあたりの文化を持ち帰っていることは充分に考えられる。話は飛ぶが、ムエタイというのを知っているね」

「タイ式ボクシングですね」

「そうだ。そして、もうひとつ。有名な少林寺の壁画に拳法を指導しているインド人らしい黒い肌の人間が描かれている」

「その話も知っています」

「タイにムエタイを生じさせ、中国の少林寺に伝わった拳法。君は何だと思う」

「釈迦が体得していたのと同じ拳法でしょうか」

「そうだ。そして、中国拳法がオフィシャルに沖縄に伝わるはるか以前に、イトマン漁民が釈迦の拳法を沖縄に持ち帰っていたとは考えられないか。もちろん、それは見よう見まねだったので、きわめて原始的な格闘術としてしか沖縄に伝わらなかった。それが手《テエ》として浸透していった。どうだい」

「充分に考えられます」

「うん。君は三度もインドへ出かけているそうだね。そのことも調べてみたのかい」

「はい。幻のインド拳法と言われているクトワルヤイを探してみました」

「クトワルヤイ……。ほう、それは初めて聞くな」

「南インドには十二世紀に発達したと言われるインド独特のマーシャルアーツの道場がいくつかあります。僕は南インドのトリヴァンドラムという町で道場を見学しました。しかし、それは本来のクトワルヤイとは別のもののような気がしたのです。三度目にインドを訪ねたとき、ようやく、古代からの武術を伝えているという老人に出会うことができました。リシケーシュという町で小さなアーシュラムを開いている老人でした」

「アーシュラムって何だい」

「瞑想《めいそう》道場です。多くはヒンズー修行者が集まるところをさします。ところが、バクワン・タゴールと名乗るその老人は、ヒンズー教の師《グル》ではありませんでしたが……」

「何だったんだい」

「先祖から伝わる血統だけを信仰の対象にしているんです。話を聞くと、ヒンズー教と原始仏教の折衷《せっちゅう》のような気がしました」

「眉《まゆ》つばじゃないのかい。そんなのが今のインドにゃ多いと聞くよ」

「そうとは思えませんでした。僕も多くのアーシュラムを歩き回ったので、怪しげなものとそうでないものの区別はつくつもりです。バクワン・タゴールの武術は本物でした」

片瀬は声の調子を落として付け加えた。

「少なくとも僕の眼にはそう映りました」

「なるほど……」

松永は突然思いついたような振りをした。

「どうだい。これから僕が通っている空手道場を見学してみないか」

「え……」

「目の前で空手を見るのも、何かの勉強になるだろう」

「ええ……」

「よし。決まった。さっそく出かけよう」

松永は立ち上がった。四ツ谷駅前での不思議な出来事の謎《なぞ》を解いてやるつもりだった。

したたる汗の臭《にお》いは、官能とは違った肉体のうずきを男にもたらす。松永はおどる心をおさえ、片瀬の案内役に徹していた。

渋谷の支部道場では、基本練習を終えた十五人ばかりの空手家の卵たちが型の稽古《けいこ》を始めたところだった。

「こっち側でやっているのが平安《ピンアン》二段の型だ。向こうが平安三段。初心者が演じているのが基本十二の一の型。流派によっては太極初段と呼ぶこともある」

片瀬は黙って頷いた。

「沖縄に中国拳法を伝えたのは公相君《クーシャンクー》という人物だという伝説がある。公相君の型というのが今でもさかんに行われている。公相君の型を初段から五段までに分解したのがこの平安の型だ。この型は流派を問わず初心者用に広く行われているんだ」

「この型は本当にその公相君という人が創始したものなのでしょうか」

「公相君はあくまで伝説上の人物だ。実際にいたかどうかはわからない。型というものは、そもそもが個人によってあみ出されたものではないだろう。長い年月のうちに何人もの先達が工夫して作り上げたものなのだと思う。だから公相君の型も、長年にわたる多くの人々の創意工夫に公相君の名をいただいた、と解釈するほうが自然だろうね」

片瀬は頷いた。

「この平安の初段から五段には、基本のありとあらゆる手技と足運びが含まれている」

松永は言った。片瀬はじっと稽古を見つめている。

やがて二時間ばかりの稽古は終わった。黒帯をしめた有段者だけが残り、雑談を交しながら技の研究を始めた。

「どうだい。せっかく来たんだ。空手の醍醐《だいご》味《み》を味わっていかないか。組手の相手を誰《だれ》かにたのんでやるが……」

松永は笑みを浮かべた。

「とんでもありません」

片瀬は驚いた顔を見せた。

「心配するな。素人相手に本気になるばかはいないよ。ちょっと雰囲気だけでも感じ取っていってほしいんだ」

松永は、後輩のひとりに声を掛けて話をつけた。

「さあ、初段が相手をしてくれるそうだ。何をやってもかまわないぜ」

片瀬の構えはまったく様になっていなかった。腰が完全に逃げている。

黒帯は両手を軽くまえにかかげ、防御のみをこころがけていた。

「片瀬君。君が攻めていかないと、何も始まらないよ」

松永は冷やかしの声をかけた。

片瀬はおよび腰で中段を突いていった。脇があき、スナップのない素人の突きだった。

黒帯は掌《てのひら》で受け流す。

続いて片瀬は左の突きを出した。相手は軽く上体をそらせるだけでかわすことができた。

間がもたなくなった黒帯は軽く蹴りを放った。片瀬は慌てて両手で防いだ。まったくの初心者が咄嗟《とっさ》に見せる仕種《しぐさ》だった。

黒帯が中段を突く。片瀬はがむしゃらに拳を突き出した。偶然に、それがカウンターとなった。

黒帯の顔がさっと赤みを帯びる。どんな場面であれ、顔面を殴られて頭に血が上らない人間はいない。

黒帯はにわかに攻撃の手を早めた。

左右の突きから右の回し蹴りと繰り出してきた。

片瀬はそれを避《よ》けるのが精一杯で、いっこうに攻勢に移ることができない。

にやにやしながらその様子を見ていた松永は、ふと笑いを消し去った。

眉をひそめて片瀬の顔を見つめる。

「やめ！」

松永は声を掛けた。

片瀬は肩で息をしている。

初心者は、どんなに努力しても攻撃されると反射的に目を閉じてしまう。同様に、達人の域に達した者は、いくら初心者のまねをしようと、しっかと目を開いて相手の攻撃を見てしまうのだ。

黒帯の攻撃を受けながら、片瀬は目を閉じなかった。松永はそれに気づいたのだった。荒い息をついている片瀬の顔には、少しの汗も浮かんではいなかった。

8

「山崎君。事がうまく運んでいるのかどうか、まずそれを聞かせてもらおうか」

帝国ホテルの一室で服部義貞が、与党幹部に語りかけた。

前回の会見とまったく同様に、義貞のうしろに忠明が不動の姿勢で立っていた。

山崎は額にうっすらと浮かんだ汗をハンカチでぬぐってから話し始めた。

「現首相への対立候補擁立の気運は急速に高まっています。すでに、現首相が退いた後の閣僚をリストアップし、仮の人事の折衝に入った段階です。しかし、ネックとなるのが、元首相が率いる党内の最大派閥。これがどちらに転ぶかで、今後の趨勢《すうせい》が決定すると言えるでしょう」

「君の読みとしては?」

「まずは五分五分というところでしょう。彼らは、党三役のうちいずれかに駒《こま》を進めることを狙《ねら》ってくるでしょう。人事をめぐる根回しを眺め、沈黙を守っているのが現状です。我々のもくろみとしても、党内の風潮からしても、幹事長はわが会派の水島太一にやってもらわねばなりません。彼らの会派に残されているのは総務会長と政調会長ということになりますが、現在総務会長は彼らの会派の人間が就いておりまして、その意味では、彼らにとっては、現首相再選のほうが望ましいということになるでしょう」

「我々服部としても、水島太一の抜擢《ばってき》は望ましいことだ。だが、その他の人事については口出しはしないことにする。うまく調整をつけてもらおう」

「努力しております」

「例の件だがな、とりあえず風間《かざま》建設が二億円用立ててくれることになった」

「はっ」

山崎は深く頭を下げた。

「今後とも風間建設には便宜をはかってやってほしい。わかっていることと思うが、金の受け渡しについては、わが服部はいっさいタッチしない」

「心得ております」

「金が必要ならいつでも言ってくれたまえ。服部のためにならいくらでも都合するという財界人が何人もいる。その代わり、これだけは覚えておいてもらおう。君たちが服部の期待にこたえてくれなかったときには、その財界の大物たちは、いっせいに君たちにそっぽを向くだろう」

「はい」

「きょうはごくろうだった。いい話を待っているよ」

山崎は席を立った。

ふたりになると、義貞は、忠明に背を向けたまま言った。

「おまえも例の探偵の話は聞いたな。片瀬直人はやはり武術の心得があるようだ。しかも四ツ谷駅前での話からもわかるように、そうとうな腕前らしい」

忠明は前方の壁に目をやったままだった。

「片瀬直人はある程度は自分の血の秘密を知っていると考えたほうがよさそうだな。人間は、他人と自分を比較してみる一時期が必ずある。片瀬直人も子供ではない。当然そういう時代を経てきたはずだ。だとしたら、自分が他人とは違っているということに、いやでも気がつくはずだからな。武術の心得があることをひた隠しにしていると松永は言っていた。それが何より自分を特別視している証だ。問題は、どこまで知っているのかということだな」

義貞は立ち上がって、ゆっくりと振り返った。

「片瀬直人の腕がどの程度のものかは、松永が身をもって確かめてくれるだろう。私は今までおまえ以上の腕を持った人間を見たことがない。ルールのある格闘技の世界ではいざ知らず、命のやり取りを前提とした武術の世界では、おまえの右に出る者はいないと信じている。これは私たち服部の血脈に対する信頼でもある。だが、片瀬直人が相手となるとどうかな」

忠明の眼にようやく感情が光った。

「——もちろん、まだ彼がどの程度の腕かわからない。ひょっとすると、子供だまし程度かもしれない。だが、彼の体を流れている血のことを考えると、そう楽観もしていられまい」

忠明はぎらぎらと光る眼で義貞を見つめている。

「どうだ。片瀬直人と闘って勝つ自信はあるか。いざというときに、彼を殺す自信はあるか」

大きな手が拳を作った。スーツを通して発達した筋肉が盛り上がるのがわかる。忠明はゆっくりと大きく頷いた。

ノックの音がした。

服部義貞は腕時計に目をやり、ほほえんだ。客が約束の時間どおりに訪れたのに満足したのだ。

義貞が目で合図すると、忠明は大きな体格に似合わぬ軽い静かな足取りでドアに歩み寄った。

高田常造が不安と緊張を肩に貼《は》り付けて戸口に立っていた。

「入りたまえ」

腰を降ろしたまま義貞は笑いかけた。右手で、はすに置かれたソファを示して着席をうながす。

高田常造は低い姿勢のまま忠明の前を通り過ぎた。

「望みどおり、君は歴史学協会の次期常任理事として名をつらねることになるだろう。君は、ある宮様のご推薦を受けたことになっている。君が書いた論文が、学界で話題になり、研究仲間であり名誉理事であられる、くだんの宮様のお目に留まったというわけだ。今度君が出版する本も、広くマスコミに取り上げられるだろう。それを知らせたくて、わざわざ来てもらったというわけだ」

服部義貞は、おどおどしている高田教授に追い討ちをかけるような視線を投げかけた。

「ありがとうございます」

一瞬だけ高田常造の顔が輝いた。

「今後も、我々の依頼のためにいっそう努力してもらいたい」

「はい。それはもちろんです」

「思えば簡単なことだ。君を慕っている学生について、わかることだけを報告すればいいのだからな。だが、決して彼に私たちとの関係を気づかれぬこと、私たちに対して疑問を抱かぬこと、この条件は決して忘れんでもらいたい」

「わかっております。ですが……」

「何だ」

「いつまで片瀬君について報告を続ければよいのでしょう」

「我々がよいと言うまでだ。心配しなくともよい。そう先の長いことではない」

「わかりました。それと、もうひとつ……。例の私立探偵ですが……」

「松永か。彼がどうした」

「彼と協力しろとのお言葉ですが、私はどうも危ないような気がします。どこまで信用してよいものか……」

「ああいう男と関わり合うのはごめんだと言いたいのだな」

「いえ、そういうわけでは……」

「彼はさまざまな点を考慮に入れて我々が選んだ人物だ。我々にとって必要な男なのだ。信用できる、できないという問題は我々が判断する。君はそんなことまで考えなくてよいのだ。万が一、彼がおかしな気を起こしたとしても、我々は打つ手をいくらでも持っている。それは君に対しても同じことだ。わかったかね」

高田教授は無言で首を縦に振った。

「あの男と協力し合えと言ったのは、君の立場を考慮してのことなのだよ。君が片瀬直人のまわりをうろうろして情報をあさるなどということはできまい。いいかね。あらためて言っておく。君の役割はあの松永という男と協力して、我々に情報を提供することだ」

「はい」

高田常造は、力なく答えた。

義貞が頷きかけると、忠明はドアを開けた。

高田常造はそれに気づき、ふたりの顔を代わるがわる見ながら立ち上がった。

松永は、片瀬直人の尾行を続けているうちに、片瀬と水島静香の関係に対する疑問を深めていった。

ふたりはほとんど毎日、待ち合わせをして会っている。それはふたりの親しさを物語っている。

不思議なのは、ふたりはキャンパス以外では決して会わないということだった。

彼らは談笑するわけでもなければ、微笑を交すわけでもなく、ただキャンパスを散歩するのだった。

時には真田堀《さなだぼり》の土手の上まで足を延ばすが、ふたりはベンチにひっそりと肩を並べて腰かけているだけだった。

松永は、ふたりがキャンパス以外では会うことができない理由を考えようとした。しかし、手がかりが少な過ぎた。

その日も片瀬と水島静香は、ゆっくりと歩調を合わせて、キャンパスのなかを歩いていた。

四ツ辻《つじ》でふたりは立ち止まった。二言三言、言葉のやり取りがあり、ふたりは別れた。片瀬は図書館に向かい、水島静香は正門へ向かった。

ふたりに気づかれぬよう、木陰のベンチで新聞を広げていた松永は、くわえていたショートホープを投げ捨て、立ち上がった。

「水島静香さんですね」

正門を出たところで松永は声をかけた。

「松永といいます。ちょっとお話がしたいんです。お茶をおごります。ごいっしょしていただけませんか」

間近で見ると、水島静香の生きいきと輝く瞳《ひとみ》や素直でつややかな髪はひときわ美しかった。

「理由もなく、見ず知らずのかたにお茶をごちそうしていただくわけにはいきませんわ」

「これは失礼。実は、うかがいたいのは片瀬直人君のことなんです」

水島静香は美しい形の眉を寄せ、瞳に恐怖に似た驚きの色を浮かべた。

「僕はここのOBで、高田教授のゼミだったんです。高田教授は、片瀬君のことをたいへん気にしておられた。友だちもいないようだったんでね。僕が片瀬君と親しくするようにと、先生から頼まれたのです。彼のようにおとなしい学生には、僕みたいな八方破れがちょうどいいと思われたのでしょう。ところが、片瀬君はああいう性格です。どこから近づいていけばいいのか見当もつかない。それで、仲の良さそうなあなたに、いろいろとうかがおうと思ったわけです」

「お話しできるほどのことはありませんわ」

「そうですか。見たところ、たいへん親しそうだが……。彼と知り合ったのはいつのことです」

「大学へ入学してすぐですわ。同じクラスですから。クラスメイトとして親しくするのは当然じゃないでしょうか」

「だが片瀬君は、他のクラスメイトとはそれほど親しくない」

「とにかく、お役に立てそうにありません。失礼します」

水島静香は、松永の脇をすり抜けるように、去って行った。

松永はショートホープをくわえると、その後ろ姿をじっと見送った。

妙におびえたような水島静香の態度が気になった。

9

片瀬直人の尾行を続けても、もはや得るものは少ないと判断した松永は、片瀬の実家を訪ねることにした。

水島静香に会った翌日、彼は奈良県桜井市に向けて車を飛ばした。

片瀬家は広い敷地をもつ和風の豪邸だった。掃き清められ水を打たれた玉砂利の小道や長い年月を経た柱や梁《はり》の黒ずんだ木肌が、しっとりとした落ち着きを感じさせる。

片瀬の店は今では株式会社になっており、事業の中心は織物問屋ではあったが、広くアパレルにまで手を広げていた。関西を中心に、ブティックのフランチャイズ・チェーンも経営している。

松永は応接室に通され、香ばしい茶を前にして、面会の相手が現れるのを待っていた。

片瀬直人の母珠江《たまえ》は四十がらみの上品な女主人だった。女手ひとつで、大店《おおだな》の織物問屋を切り盛りするには線が細過ぎると松永は思った。一分の乱れもなく友禅を着こなした珠江のえりあしに、男の影が感じられたが、松永はあえて無視した。

「直人のことだそうで……」

片瀬珠江は細く描かれた眉を心持ち寄せて、地味な背広にネクタイ姿の松永を見つめた。

「はい。大学の学生福祉課からまいりました。直人君が、特別奨学金の最終審査に残られまして……。これはたいへん名誉なことなのです。そのため、この奨学金にはきびしい審査規準が設けられております。突然のことで驚かれたことと思いますが、直人君のことをいろいろうかがって参考にしたいと存じまして……」

「直人からは、何も聞いておりませんが……」

「最終審査に残られたことは本人にも伏せてあります。厳正を期するために、発表まで、いかなる情報も外へは出さぬよう心がけておりますから……。突然、おうかがいしたのも、そのためでして……」

「……それで、直人のどういったことを……」

「直人君は、家を出られて、ひとりでお暮らしですね。地方から上京して下宿をしている学生はたくさんいます。しかし、直人君はしばらく帰省もなさっていないようですね。私どもは、やはりそこが気になりましてね」

「どういうことでしょうか」

「たいへん立ち入ったことで失礼とは存じますが、私どもは家庭環境も含めた総合的な評価を下したいと考えておりますので……」

「直人が家を出なければならなかった原因があるのでは、とお思いなのですね」

「いえ……。そういうわけでは……」

片瀬珠江は溜息をついて、目を伏せた。

「確かに、地方から大学に通うために上京されて下宿生活をなさっているかたがたとは多少事情が異なりますわね。直人は完全にうちから独立したつもりでおります」

「もし、さしつかえなければ、そのあたりをお話し願えますか」

「お話しできません」

「ほう……。お話しいただけない……」

「お話ししたくても、できないのです。それで大切な奨学金をいただけなくなったとしても、いたしかたないと申し上げるほかありませんわ。なぜなら、わたくしにもその理由がわからないからです」

「理由がおわかりにならない?」

「わたくしは片瀬の後妻でございます。わたくしと直人の間がうまくいっていなかったとお考えなのかもしれませんが、そのようなことは決してございませんでした。これは誓って申し上げておきます。実は、直人も養子なのです。片瀬には子がございません。亡くなった先妻の体が弱かったせいです。片瀬は、後継ぎにと、遠い親戚《しんせき》に当たる直人をもらい受けることにしました。直人の両親も早くに亡くなり、あの子は、身寄りのない子供でした。ある施設に直人があずけられていることを知り、片瀬は一も二もなく引き取ることを決めました。直人が小学校三年のときだったと聞いております。片瀬がわたくしと再婚いたしましたのが、直人の中学生のとき……。愛想のいい子とは言えませんが、一家はうまくいっておりました。直人が高校一年のときに、片瀬が他界いたしました。直人が突然に家を出ると言い出したのはそれからです。わたくしはもちろん止めました。東京の大学に入りたいのなら下宿をするなり、アパートを借りるなりすれば済むことです。わたくしたちは店の者もそろって直人を引き止めました。でも直人の心は動きませんでした」

「ほう。直人君が……。理由はおっしゃらなかったのですか」

「ただ、片瀬家のためだ、とだけ……。わたくしには、その意味はわかりません。あの子が出て行って片瀬家のためになるわけがございませんから」

「ふうん……」

松永はじっと珠江を観察していた。嘘《うそ》は言っていないと判断した。

「……で、直人君の前の親御さんというのは……?」

「わたくしもよくは存じません。片瀬は、直人の母方の遠い親戚にあたるとかで……」

「そうですか。ついでにうかがっておきます。直人君の以前の姓は?」

「服部と申します」

「服部……」

「はい」

「直人君の生まれ故郷は……」

「詳しくは存じませんが、何でもこの近くだとか……」

片瀬家を後にした松永は、片瀬直人があずけられていたという施設に向かった。施設は奈良市の郊外にあった。コンクリートの門はところどころが欠け、建物の外壁はペンキがはげ落ちていた。

片瀬直人のことを知っていたのは、年老いた園長だけだった。

「ご両親は自動車の事故で亡くなられたということでしたね。おふたりが乗っていた軽トラックが、崖《がけ》から転落したそうですよ。直人君は、ご両親の顔も覚えていませんでしたよ。物心つくまえの出来事だったんですな。それからは、おじいさんに育てられたんですよ。直人君をここへ連れて来られたのもおじいさんです。ちょうど幼稚園を卒園する年齢でしたね。学校に上げなければならないとなって、おじいさんおひとりの手にあまったのでしょうね。そのおじいさんも、その翌年でしたか、大峰山系の谷で、死体で発見されました。事故だったそうです。直人君はつくづくかわいそうな子だと思いましたよ。片瀬さんと連絡を取ったのは私たちです。私たちは、子供たちの身寄りを常に必死に探していますからね。親類が見つかったという知らせを聞いて、私はようやく直人君にも幸運がやってきたと思いましたね。直人君とは三年ばかりの短いつきあいでした」

松永は直人の生まれ故郷が伊賀上野の近くにある山中の寒村だということを聞き出し、

所轄の警察署に車を付けた。

直人の両親の死は昭和四十一年十月、祖父の死は四十六年七月。いずれも事故死として記録されていた。

警察で当時の詳しい状況を記憶している者は皆無だった。それほどありふれた事故と言えた。

しかし、直人の肉親三人がことごとく事故で死亡しているのだ。松永が不審を抱くには充分な材料だった。

松永は図書館へ回った。二つの事故について比較的詳しい記事が載っている地方紙を探し出しコピーを取る。

松永は二日の旅行を終え、深夜に東京へ戻った。


「首都高速、都内入口の閉鎖は三カ所……」

カーラジオから流れる交通情報を聞き、松永は舌を鳴らした。

車線を変え、一般道で赤坂へ向かう。

松永は、大学時代の同級生と赤坂キャピトル・ホテルで遅めの昼食をとる約束をしていた。彼は石田《いしだ》という名で、国会付きの政治記者だった。

首都高速の入口閉鎖は時ならぬ渋滞のためということだった。松永は、渋滞三キロという電光表示を横目で眺めて通り過ぎた。

時計を見る。一時四十五分。約束の時間は二時だった。


水島静香はクラスメイトの女子学生ふたりと連れだって大学正門を出た。三人は、若い女性特有の明るさを振りまきながら四ツ谷駅に向かって歩いていた。

正面から黒塗りのセドリックが、静かにやってきて、大学の塀ぎわに駐車した。プロの運転手によるなめらかなハンドルさばきだった。

セドリックから、地味な紺色のスーツに身を包んだふたりの男が降りてきた。ふたりとも濃い色のサングラスをかけている。

道を渡ると、男たちは三人の女子学生の前に立ちはだかった。

水島静香をはさんで歩いていたクラスメイトは、目を見開いた。三人は立ち止まった。

男たちの上半身は逆三角型に発達しており、大腿部《だいたいぶ》は見事にひきしまっていた。

水島静香のクラスメイトたちは、不安げな表情を隠そうともしない。ひとり水島静香だけが無表情に男たちを見上げていた。

男たちのひとりが、口を開いた。

「水島のお嬢さま」

その口調は、あくまでも丁寧だった。

「私たちと、ごいっしょしていただかねばなりません」

きびしい眼差《まなざ》しを男たちに向けていた静香は、ふっと視線を落とした。

「わかりました。行きましょう」

男たちは、ガードレールの切れ目から静香を車へ誘《いざな》った。

静香は振り返ってほほえんだ。

「ごめんなさい。きょうは、いっしょに行けなくなってしまったわ」

ふたりの女子学生は、静香が乗り込んだセドリックが、ホテル・ニューオータニ方向へ走り去るまで、放心したように立ち尽くしていた。

首都高速はどの線も渋滞などしていなかった。水島静香を乗せた黒のセドリックは、進路をまったく妨害されることなく、首都高速をひた走り、羽田空港に到着した。

静香はふたりの男に連れられ、搭乗手続きをせずに、ボーイング727のタラップを踏んだ。三人が乗り込んだのは日航のチャーター便だった。

わずかな乗組員と、三人の客だけを乗せたボーイング727は、特徴であるそそり立った尾翼に日を反射させながら、ゆっくりと駐機場を出た。

「こんなおおげさな真似《まね》はよしてくださいと言ったはずよ」

ジェット機のシートにもたれ、静香が言った。

「しかし――」

隣の席に着いていたサングラスの男が答えた。

「大先生《おお》のお言いつけですから……」

「友達のまえであんな真似をされるのは困るのよ。これからは、決してこういうことは許しませんからね」

「申しわけございません」

男は頭を下げた。


「なんだこいつは」

大阪空港の管制官は、苛立《いらだ》った声を上げた。

交替したばかりの同僚が、管制官の手にした一枚の書類を、肩ごしにのぞき込んで言った。

「見りゃわかるだろう。日航のチャーター便だ」

「涼しい顔してよく言ってくれるよ。こんな飛行予定は聞いていない」

「俺にかみつくな。運輸省に言え」

「まったく、役所のやつらは現場の仕事を何だと思ってやがるんだ」

言いながら管制官は、レーダー・サイト・スコープの光点に見入った。「そろそろ来るな」

「そこに優先着陸と書いてある。忘れるな」

同僚は席を離れた。

「くそっ。パニックが起きても知らんぞ」

管制官は無線マイクをオンにして、他の管制官たちとの連繋《れんけい》プレーに加わった。

彼の眼が目標を捕えた。

グリーンの光点を見つめた管制官は、英語で言った。

「ＪＡＬ１１７、その高度を保ち上空で待機。ＪＡＬ１２０、駐機場で待機。ＡＮＡ１０４、その高度を保ち……」


「実は訊《き》きたいことがあるんだ」

松永は、キャピトル・ホテルのレストラン『オリガミ』で、政治記者、石田をまえにして言った。

「だと思った」

石田は、ステーキの小片を口に放り込んだ。

「おまえが、メシをおごってくれるなんて変だと思っていたよ」

「水島太一のことなんだが……。次期幹事長という噂《うわさ》は本当なのか」

「まず間違いないところだな」

「俺の記憶だと、水島太一というのは若い時代のキャリアがほとんど目立たない男だったはずだが……」

「そう。地味な国家公務員に過ぎなかった。もっとも、エリートの大蔵官僚ではあったがね。かといってそう光る玉じゃなかった」

「何がきっかけで頭角を現したんだ」

「結婚だよ」

「政略結婚か」

「そう呼んでいいだろうな。水島太一は、結婚でキャリアにハクを付けた」

「戦国時代じゃあるまいし、民主主義の世のなかにまだそんなものが効力を持っているなんて信じがたいね」

「おい、松永らしくもないな。おめでたいことを言ってくれるなよ。残念ながら、支配する者の体質は、おしきせの戦後民主主義では簡単に変わったりはしなかったというわけさ。学閥、門閥、派閥、財閥……今でも、いくつもの閥と呼ばれる権力志向集団は生きている。そして、そのなかで最も強固なのが血統をよりどころにした閨閥《けいばつ》だと言われている」

「そんなもんかね……」

「群馬県の正田一族が、一躍日本の超エリート階層に仲間入りしたのが、昭和三十四年四月。日清製粉社長正田英三郎の長女美智子嬢が、皇太子妃となった日からだ。この例を見ても明らかだね。ワンマン宰相と呼ばれた吉田茂は、側近をほとんど閨閥で固めていた。一運輸官僚に過ぎなかった佐藤栄作を、一気に政治の檜舞台《ひのきぶたい》へ引き上げたのも吉田茂だと言われているが、この佐藤栄作と吉田茂も閨閥でつながっている。岸信介も縁者であったことは言うまでもない。佐藤と岸は兄弟だからな。これはほんの一例に過ぎない。大閨閥を形成している鳩山《はとやま》家、福田家など、歴代総理大臣の血筋は、例外なく今なお、衆議院をはじめ政治の第一線に生き続けているんだ」

「選挙だ民主政治だと騒いでみても、閨閥さえ築けば、権力の座は安泰というわけだな」

「エリート層にとってみりゃ、そう見えるだろうな。このエリートの血統にも当然ランクがある。今でも皇室との距離ではかられるわけだ」

「一に血筋、二に財力というわけか……。水島太一の結婚相手もお公家《くげ》の血を引く人かい」

「皇室に準ずる影響力があると言われている血統さ。正確にその正体を知っている者は政界にも皆無だと言われている」

「何だいそいつは」

「服部宗十郎だよ。水島太一の奥方は、服部宗十郎の末娘、服部夕子《ゆうこ》なんだ」

10

水島静香のあとに従って廊下を歩いていたサングラスの男たちが、ふと立ち止まった。

「どうしたの」

静香は振り返った。

「……ここから先へは、私どもは……」

静香は表情にかげりを作って頷いた。

「そうだったわね。いいわ、退がってらっしゃい」

ふたりの男は、無事静香を屋敷まで警護するという任務から、この時点で解放された。

小柄な老人が和服姿で、庭の苔《こけ》むした飛び石に立ち、柔らかな起伏の築山《つきやま》を眺めていた。白髪が肩のあたりまで垂れている。そのいかにもひ弱そうなうしろ姿に、静香はそっと声をかけた。

「おじいさま……」

振り返った服部宗十郎は、そのうしろ姿と別人のような印象を与えた。

白髪は、頭の頂点のあたりまで退き、たくわえた髯《ひげ》と眉も白かった。こめかみには褐色のシミが浮かんでいるが、くぼんだ目の奥にある光は、人に正視を許さぬほどの迫力があった。

　その眼光が一瞬にして和らいだ。

「おお、静香か……」

「ごぶさたしております」

「久し振りじゃのう。会いたかったぞ」

「私もですわ。でも、きょうのようなことは困ります。今後はちゃんと国鉄や航空会社の定期便でまいりますわ」

「よいではないか。一刻も早く顔を見たかったのじゃ」

「私は、自分を普通の大学生だと思いたいのです」

「わかった、わかった。おまえがそう言うのなら、言うとおりにしよう」

　宗十郎は庭のすみにひかえていたふたりの和服姿の女に目配せをした。女たちは一礼をして、縁側に上がり奥へ退いた。

「どうじゃ、元気でやっておるか」

　宗十郎はいとおしそうに目を細めた。

「はい」

「どうした。何か気になることでもあるのか」

「いいえ……」

静香は顔を上げた。宗十郎は、ゆっくりと時間をかけて縁側に腰を降ろし、吐息を洩《も》らした。

「老いたとはいえ、わしの眼をごまかすことはできんぞ。何じゃ。言ってみなさい」

静香はしばらく俯《うつむ》いていた。

「松永という人をご存知《ぞんじ》ですか」

「さて……」

「その人が、片瀬さんのことを、私にあれこれと尋ねようとしたのです。大学の先輩だとかで……」

「おお……。義貞と忠明が雇った探偵じゃ。片瀬直人のことを、いろいろと調べさせておる。そうか。そやつは、見当はずれにも、おまえのところへ探りに行きおったか」

宗十郎は遠くを眺めるような眼をした。

「我々が片瀬直人を発見したのは、三年前のことじゃ。長い間探し続け、ようやく東京におることを知った。服部家は直人について知らねばならんことがたくさんあった。だが、うかつに近づけんことも確かだった。もし、おまえがあやつと同じ年でなかったら、おまえに密偵のごとき真似をさせることなど誰も考えなかったろうな。そして、おまえをあやつと同じ大学の同じ学科へ送り込んだのが一年半前。じゃが、あやつが自分の血筋についてどれだけ知っているのかはわからなかった」

「申しわけなく思っています」

「なんの。おまえが気にすることはない。我々は、さらに身近な人間に片瀬直人を探らせる必要があった。それで高田という教授にやらせたのじゃ。そして、探偵を雇った。これが最後の手段じゃった。わしには、もうこれ以上の時間の余裕はない。自分の体のことはわしがよう知っておる」

「おじいさま……」

「おまえも、何も知られぬよう片瀬直人のそばにおるのは大変じゃろう。だが、これもみな服部家のためじゃ。いましばらく、こらえてくれ」

静香は下を向いた。

「義貞や忠明のおじさまにもご挨拶《あいさつ》をしてこなきゃ……」

「静香……」

「はい……」

静香は目を上げて一瞬身をこわばらせた。服部宗十郎の眼に鋭い光がもどっていた。静香はその眼差しのために、呼吸すら自由にならないように感じた。すさまじい眼力だった。

「訊いておきたいことがある」

静香は何も言えなかった。

「片瀬直人のことはどう思っておる」

静香の鼓動がとたんに速くなった。両手が汗で濡《ぬ》れる。彼女は、無言だった。首を小さく横に振り続けるのがやっとだった。

宗十郎の眼から鋭い光がふっと消えた。再び孫を愛《め》でる老人の眼差しに変わる。

「もうよい。義貞たちのところへ行きなさい。片瀬直人についての報告もあるじゃろう。わしは、ここでもうしばらくゆっくりしておる」

「はい……」

静香は上品におじぎをすると、義貞の待つ茶室に足を向けた。宗十郎の声が、その背を追った。

「今夜は泊まっていきなさい。いっしょに夕食をとろう。水島の家には電話をさせておく」

静香は振り返って、ほほえんで見せた。

老人も笑顔を返した。

静香が去ると、宗十郎は再び築山に眼をやり、長い間じっとしていた。何ごとかを熟慮している。やがて宗十郎は、重い溜息をひとつ洩らした。

「どうしました。浮かない顔ですね」

『サンセット』のバーテンダーが言った。松永はペリエのグラスを右手でもてあそんでいた。

「あんたが酒を飲ませてくれないんでな」

「車を乗り回す人が、こんな飲み屋に来るのが悪いんですよ」

「客に何ていう言い草だ」

「松永さんは、この店そのものよりも、客の女の子がお目当てなんでしょう。まったく、あなたみたいな人がいると店の評判が落ちてかなわない」

「女の子には、評判が上がってると思うぜ」

「たいした自信だ。今夜も、蜘蛛《くも》が巣を張って蝶々《ちょうちょう》を待ちうけているというわけですか」

「そんな気分じゃないな」

「珍しい。熱でもあるんじゃないですか」

「俺だって、そういう日があるよ」

「ほんとに、どうしたってんです？」

「ちょっとな……。実はどう攻めたらいいか考えあぐねていることがあってな」

「やっぱり女ですか」

「似たようなもんだ」

「このあいだの白いミニスカートの娘ですか？　ありゃ、そうとう遊んでますよ。あのあとも、彼女、この店へ来ましてね。別の男と仲良くなってた」

「かまいやしないさ。俺が言ってんのは、あの娘のことじゃない」

「別口ですか。でも、ますます松永さんらしくないなあ。どうしていつものようにがんがんと攻めまくらないんです？」

「さあな……」

「どういう理由があるのか知りませんが、男は攻めまくるしかないんですよ」

「強気の発言だね」

「そうですよ。男は強気でなきゃ。一か八かですよ」

「一か八かね……。やっぱり、それしかないな」

松永は、視線を天井に向けて呟《つぶや》いた。

かすかなノックの音が聞こえた。

遠慮がちにドアが開く。廊下の明かりが、暗い部屋のなかに硬質な筋を作った。ガラスの器にあふれるほど飾られたドライフラワーの束が照らし出された。

「どうした静香。明かりも点《つ》けずに」

静香は振り返った。

「おとうさま……。お帰りだったんですか」

「久し振りに早く帰れた。ゆうべは、おじいさまのところへ行っておったそうだな」

「ええ……」

「おじいさまは、お元気だったかね」

「はい。とても……」

「それは何よりだ」

「何かご用かしら……」

水島太一は吐息をつきながら言った。

「たまに娘の顔を見に来るのはいけないかね」

静香は何も言わなかった。水島太一は、壁のスイッチに手を持っていった。

「明かりを点けないでください」

静香の声は厳しかった。

「どうしたんだ。服部で何かあったのか」

「いいえ……」

「いったい服部では何をしようとしているのだ。おまえを突然、お屋敷に連れて行ったり、噂では、党の人間が専従で働かされているという。おじいさま……大《おお》先生は何をお考えなのだ」

「私は何も知りません」

「いいか、静香。確かにおまえは服部の血を引いている。だが、半分は私たち水島の血なんだよ。確かに、服部から見れば私は部外者かもしれない。しかし、おまえは水島の娘なのだ」

「本当に何も知りません。ゆうべは、おじいさまとお食事をごいっしょしただけです」

「大先生が動き出されたことはわかっているんだよ」

「よろしければ」

静香は悲しげに言った。

「もう休みたいのですが」

太一は気分を害した。しかし、それを声に出すまいとして言った。

「わかった。服部のことについては、私も立ち入ることはできそうにない。おやすみ」

ドアが閉まった。

静香は闇《やみ》のなかで、流れ落ちていた涙をそっとおさえた。父親にも決して見られたくない涙だった。

静香のなかで、片瀬直人に初めて会ったときの驚きがよみがえった。入学してすぐの学科ガイダンスでのことだった。

見たこともないような澄みきった片瀬の眼からは、不思議な魅力があふれ出ていた。

静香は自分と片瀬が強い磁石のように引き合っているのを感じた。感動に満ちた出会いだった。

彼女は服部の言いつけどおり、片瀬に近づいていった。しかし、片瀬直人と親しくなることに、彼女は単なる義務感ではなく、心の底からの喜びを感じ始めた。

彼女は出会いの瞬間に恋を予感し、近づくにつれ、それが本物であることを実感していった。

生まれて初めて感じる、精神の高みで触れ合う愛情だと彼女は思った。

ふたりの間に多くの言葉は必要なかった。他人同士でこのような心の交流が可能なことを静香は初めて知ったのだった。

彼女はこれまでにも幼い恋や淡いあこがれをいくつか経験してきた。しかし、片瀬直人の出現はそれらとはまったく違った衝撃を彼女にもたらしていた。

「肉体の交渉がなければ、本当の男と女の関係にはなれない」

そう力説するクラスメイトもいた。それが、女性として正直な言葉であり、世間一般に支持されている恋愛のありかたなのかもしれないと静香は思った。

にもかかわらず、彼女はもっと大きな愛情の形を求めていた。きわめて贅沢《ぜいたく》だと自覚もしていた。幼い頃《ころ》から服部の大きな権力の話を聞かされていたことや、有力政治家のひとり娘であるという事実が、彼女に有形無形の贅沢さを求めさせていたのも事実だった。彼女は自分のそういった一面を嫌っていた。その高慢さのために、心から人を愛することができないのではないかと不安にすら思っていた。

そう意識しながらも、彼女は心の他の部分で、恋愛の一般論を超える精神の高揚を信じたいと思い続けてきたのだった。

彼女は本当にそれを見つけたのだ。

静香にとって片瀬直人はそれくらいに大きな存在だった。そして、彼女の心のなかで、片瀬直人は急速にふくらんでいった。

片瀬はただ黙っていっしょにいるだけで、静香の育ちからくる驕《おご》りをすべて吹き払ってしまった。

静香は、片瀬と出会うことによって初めて素直な心で人と相対することを学んだのだった。彼女の心は安らぎで満たされた。

静香はまだ片瀬に抱かれてはいない。

しかし彼女にとって、それはまったく問題ではなかった。彼女は、いつでも片瀬に肉体を投げ出すことができると思っていた。同時に、肉体で結ばれなくても、片瀬といるだけで、充分な満足を得られるのだった。

彼への想いは、官能や世俗の出来事を超えていた。だが、今の静香には、それが許されぬ感情であるのは明らかだった。

彼女は自分の血を心から呪《のろ》った。自分が置かれている立場に困惑しきっていた。

彼女は暗闇のなかで枕《まくら》にしがみつき、肩をふるわせ続けた。

松永のシルビアは、国道一四号線を船橋方向に走り、江戸川にかかる市川橋を渡り切ったところで左に折れた。江戸川の堤を左手に見ながら駐車する。

黒のニットシャツとゆったりしたジーパンを身につけた松永は、車を降り公衆電話を探した。

ダイヤルする指が緊張のためわずかに震えた。

三回めのベルで相手が出た。

「片瀬直人さんですね」

おし殺した声で松永は言った。

「至急にお話ししたいことがあります。江戸川べりの、市川橋の下まで今すぐ来ていただきたい」

松永は、相手に与える衝撃の効果を考えて、やや間を取った。

「話というのは、水島静香君のことです。すぐに来てください。いいですね」

松永は電話を切った。

市川橋の下には、街灯の光もとどかない真の闇があった。松永は暗がりにうずくまり、目が慣れるのをじっと待った。

緊張のなかで、松永は不意に寂寥感《せきりょうかん》に襲われた。来てはいけないところに来てしまって、もう後戻りはできないというときに感じる、あの絶望的な気分だった。

その瞬間から胸のなかに、不安が広がり始めた。不安の原因はわからない。原始的な宗教観にも似ていた。すべての社会性をはぎ取られた状態で、彼のなかに原始の部分が顔を出し始めていた。

松永は深呼吸した。

不安や迷いを吐き出すように、深く何度も……。

三十分経った。

草を踏む足音がした。堤の上にほっそりとした影が姿を現す。

松永は掌の汗をジーパンでぬぐった。

片瀬は土手を下り、まっすぐに橋に向かって歩いた。松永の五メートル手前で片瀬は立ち止まった。

「僕を呼び出したのは、あなたですか」

闇の固まりに向かって片瀬は言った。松永は驚いた。片瀬から松永の姿が見えるはずがない。

片瀬はさらに言った。

「隠れてないで、出て来てください。話を聞きましょう」

松永は静かに息を吐いた。全身の筋肉が緊張していく力のピークで松永は飛び出した。五メートルの間合いを一気につめる、右のフックが空気を切り、片瀬の顔面へ飛んだ。片瀬は身をそらしてパンチをやりすごした。その差は数センチしかなかった。

すかさず松永は、肩口からの左ジャブ、右のストレートを連続して打ち込んだ。その攻撃もかわされた。片瀬の身体《からだ》がさほど移動しているようには見えないにもかかわらずだ。

松永の攻撃は理想的だった。

フックは奇襲にきわめて有効な技だ。腕を振り回すため、正拳に比べスピード、破壊力ともに落ちるが、相手の視界の外からパンチを繰り出す形になるので、実戦では多用されるテクニックだ。

続いてのワン・ツーは、左刻み突きと胸の前から発する正拳突きの応用だ。近代空手ではよく見られる技だった。

右ストレートを引いたままの、はすの構えから、松永は片瀬の膝を狙って足刀で蹴りおろした。

さらに蹴った足を地におろさぬまま体に引きつけ、中段に横蹴りを放った。膝を狙ったのはフェイントだった。

片瀬は影のように松永の拳や足をかわしていった。

松永は本当に影を相手にしているような気がしてきた。片瀬は完全に松永の間合いにいるはずなのだ。

一瞬、松永の頭のなかを、「釈迦の武勇伝」が通り過ぎていった。

片瀬は、松永の攻撃を受けているわけでもない。相手の防御技の手ごたえでもあれば、松永はもっと落ち着いていられただろう。

片瀬は紙一重のところで攻撃をかわし続けているのだった。

松永は攻撃の手をゆるめなかった。

横蹴りが不発に終わるや否や、その足を地につけ、片瀬にくるりと背を向けた。そのまま回転する力を利用し、おろしたのと逆の足を鋭く振り上げた。絶妙の後ろ回し蹴りだった。

距離、タイミング、角度、バランス、どれをとっても申し分なく、かわすことは不可能だった。

片瀬の頭がすっと消えたように見えた。

会心の後ろ回し蹴りも空を切ってしまった。片瀬は膝を深く曲げ、身を沈めていた。一瞬、松永の、格闘技に対する大きな自信が穴のあいた風船のようにしぼんでいった。

彼の攻撃の手が止まった。

片瀬が鋭い呼気の音をたてた。右手が松永に向かって伸びる。咄嗟に松永は左手で払った。

松永は思わずうめき声を上げた。左手にしびれが走ったのだ。

松永はひるんだ。

片瀬はさらに、人差し指で松永の胸を突いた。胸骨の激痛に、松永は息をつまらせてしりもちをついた。

相手にならなかった。

松永は、恐怖に震えた。

片瀬は想像を超えた破壊力を秘める手を、倒れた松永にさしのべた。

松永は悲鳴を上げそうになった。

しかし、片瀬の手は松永の右手をつかんだだけだった。片瀬は、おびえきった私立探偵を引き起こした。松永は、闇のなかで目をしばたたいた。

「松永さん」

片瀬は静かに言った。

「なぜこんな真似をなさるんです?」

松永は一瞬何を言われたのか理解できなかった。息を吐き出し、激しく頭を振ると、彼はようやく落ち着きを取り戻した。

「殺されるかと思ったぜ」

「質問に答えてください」

松永は片瀬の顔をすかし見た。暗くて表情はうかがえなかった。

「おまえさんの化けの皮をひんむいてやろうと思っただけさ。今度は、こっちから訊かせてもらう。なんだって武術の心得がないなんて嘘をついたんだ。しかも、空手道場で芝居までして……」

「誰にも知られたくなかった。ただ、それだけです」

「ただそれだけ？　答になってないな」

「水島君のことって、いったい何ですか」

「水島？　ああ、ありゃでまかせだ。そう言えば、おまえさんが必ずやってくると思ったもんでね。案の定、あんたは現れた」

「あんな言いかたをされれば、誰だって気になります」

片瀬の言葉は珍しく歯切れが悪かった。

松永は思わず笑いを浮かべた。

「もうひとつ訊いてみたいことがあったんだ。水島とあんたの関係だ。いったいどういう間柄なんだい」

「クラスメイトです」

「これ以上のことは言う必要はありません」

「それだけかい」

「それは、恋仲の決まり文句だぜ」

「僕が武術の心得があることや、水島君との関係を知ってどうするつもりですか」

「どうもしやしないさ。お友だちになりたいだけだよ。よくあるだろう。殴り合ったあとで友情が芽ばえるという青春ドラマが」

「もうこんな真似はごめんです」

片瀬は松永に背を向けた。

「おい待てよ。あんたといろいろ話をしたいと言ったのは嘘じゃないんだ。わかったよ。謝るよ。今夜のことは俺が悪かった」

片瀬は立ち止まった。

「あんたが研究していることに興味があるんだ。本当だ。一度、詳しく話を聞かせてくれないか」

「そういうことなら、断わる理由はありません」

「今夜のことは水に流してくれ。俺もどうかしてたんだ。あんたの芝居に、ついいらいらして……」

「もういいんです」

「あれは何という武術なんだ。教えてくれないか」

「僕も知りません。小さい頃に、祖父から教えられたのです」

「一朝一夕でマスターできる技じゃない。たいへんな練習をしたんだろうな……。そうか、あんたが、空手や拳法のルーツを調べている理由がこれでわかったよ。自分が身につけている武術の正体を自分でも知らない。それでそいつをつきとめようと……。こういうわけだろう」

「今夜は遅いので帰らせてもらいます。話なら、またあらためてにしましょう」

片瀬は歩き出した。

松永は立ち尽くしたまま、そのうしろ姿を見送っていた。恐怖感が蘇ってきた。彼は身震いした。

「あいつは、化け物だ」

松永は呟いた。「服部義貞なんてまったく目じゃない」

11

内閣調査室は、昭和三十二年の内閣法一部改正により新設された。「内閣の重要政策に関する情報の収集および調査」を任務としている。

昭和二十七年四月に総理府に置かれた「内閣総理大臣官房調査室」が前身と言われている。

室長下条泰彦は、内閣調査官のひとりをまえにして、手を組み声を落とした。重要なことを話すときの彼の癖だった。

「……この件については、君以外の二十四名の調査官に対しても秘密を厳守してくれたまえ。五十八名の室員のなかからもメンバーを厳選してほしい。この件について知らせていい者と、決して知らせてはいけない者を、君自身がチェックして区別するのだ。チームを作ったら、その後、チームの扱いは一切極秘とする。いいな」

警察庁から現役のまま出向している調査官、陣内平吉《じんないへいきち》は、特徴である大きな鼻を人差し指で軽くこすった。大きなよく光る眼《め》に緊張の色はない。

下条は、眼鏡を純白のハンカチでぬぐい、かけ直すと、短く刈った髪を一なでした。

陣内は三十五歳。下条の四歳年下だ。

「ご心配なく」

陣内はリラックスし切った声色で言った。

「服部家に関することと知らされた瞬間から、配慮におこたりはありません。担当調査官は室長と私のふたりだけ。記録もすべて残らぬようにしています。通産省や防衛庁から出向して来ている調査官はおろか、警察庁や外務省から来ている連中にも知られるとまずい……。こうなると、誰《だれ》にも知られるな、ということになりますからね。使用する室員は、外郭団体から派遣されている者のなかから選ぶことにしましょう。自由が利くし、口も封じやすい。何より、我々が手を下せないような仕事もやってくれますからね」

「そうだ。これは、普段我々が手がけている省庁間の連絡業務などとは訳が違うのだ」

「心得ております」

「与党内派閥の動きと服部家との関連は何かつかめたか」

「興和会に急速に金が集まりつつあります。興和会は党総裁選に、対立候補を立てようとする勢力の中核です。そのための資金集めを始めたのでしょう。金の出所はつかめないこともないでしょうが、直接の金の授受に服部家が顔を出すことはまずないでしょう。金を出す企業のうしろに服部宗十郎がいるのは明らかですがね。尻尾《しっぽ》はなかなかつかめません」

「それくらいは充分に予想していたことだ。ポイントは、服部家が必死で調べ回っていることだな。例の片瀬直人という大学生についてだが……」

「民間人を動かしている模様ですが……」

「もう言うまでもないが、我々は総力戦の態勢で臨むことはできない。ゲリラ戦法を取るしかないのだ。その民間人をつきとめられるか」

「お任せください」

「その服部の犬と服部の間に割り込むしかなさそうだ」

「任務の内容はわかりました」

下条は眼鏡の奥から冷たい視線を部下に向けた。

「何か質問があるのかね」

「なぜ服部家に敵対しなければならないのか。問題の根本が私には釈然としません」

「珍しいね。君が自分の任務内容以外のことに疑問を差しはさむとは……」

「事が事ですから……」

下条は陣内を睨《にら》み付けていた視線をふと落とした。

「これは真の権力闘争なのだよ」

陣内は心持ち眉《まゆ》を寄せた。

「君は服部の力の秘密を知っているか」

「いいえ……」

「そうだろう。それはほとんどの者が知らん。私も同様だ。誰もそれに触れようとしなかったのだ。特に戦前ではそうだった。服部家が、天皇家と深い関《かか》わりを持っているからだ。いつの頃《ころ》からかは知らん。直接の血縁関係はない。しかし、はるか昔から天皇家が服部家を手厚く庇護《ひご》し、特別な権力を与えていたことは確かだ。服部の武器はその血統だけだと言っていい。しかし、それは強力な武器だ。民主主義の現代でも生き続けているんだ」

「皇室との関係が深いというだけで、今の服部の権力は説明できないと思いますが」

「表面だけ見ればそういうことになるがね。だが事実はもっと複雑にからみ合っているのだ。ステイタスを持つ者ほど血統を重んじるようになるものだ。特に日本のエリート階層は血筋を重視する。財界で名を成した人物たちは、自分の家系に政治家を取り込み、実権を得る。そして皇室の血を迎え入れて家名に不動の地位を与えようとするのだ」

「それはごく一般的に見られることですね」

「そうしてエリート階層による莫大《ばくだい》な金と強力な人脈の体制ができ上がっている。一方、皇室関係者は服部と固い絆《きずな》で結ばれている。天皇陛下ご自身ですら一目置かれると言われているほどだ。財界の閨閥《けいばつ》内に広く浸透している皇室の血は、服部家に対して盲目的な優遇措置を取るのだ。服部家は皇室関係者を動かし、皇室関係者は財界を動かし、財界は政治を動かす。つまり服部の権力は玉突き式なのだよ。面倒なことに、その一段階ごとに力は増幅されていく。人の世は物を持つほど呪縛《じゅばく》が多くなる。服部はいわば超エリート階層の呪縛のひとつなのだ」

「なるほど、やっかいですな」

「皇室と服部家の関係がいつの世にでき上がったのかは知られていない。おそらくは千年以上の歴史を持つ関係だろう」

「そこまでご承知のうえで、なおかつ服部にメスを入れようとなさるのですか」

「そのとおりだ。私は天皇家と服部家の関係を絶とうなどと言っているのではない。服部は、永遠に陰の存在でなければならないのだ。服部は、現実の社会に手を伸ばしてはならない。彼らの支配を認めることは、一部特権階級による政治支配を全面的に認めたことになる。いいかね。政治の運営は内閣の手に、そして実務は我々国家公務員の手にすべてゆだねられていなければならないのだ」

下条は言葉を切って、陣内の表情をうかがった。陣内の表情にまったく変化はなく、大きな目がおだやかに下条を見つめていた。下条は間を置いてから続けた。

「我々の目的は服部家の血筋のすべてを叩《たた》きつぶすことではない。それは不可能に等しい。服部家の政治介入を断ち切ること。これに尽きる。服部が本格的に政界に触手を伸ばし始めたのは、服部宗十郎の代になってから、それも戦後のことだ。それまでは、ほとんどの政界の人間すら、その存在を口にすることのない文字通り陰の一族だった。したがって、我々の敵は服部家の血筋ではない。服部宗十郎ただひとり。これをよく心得ておいてくれ。でないと、取り返しのつかんことになる」

「宗十郎の二世たちにも注目する必要がありますね」

「服部義貞と服部忠明。油断のならぬ連中だ。今回、実際に動き回っているのはこのふたりだろう」

「ところで」

陣内は考えながら言った。

「これは総理のお考えなのですか」

下条は大きく頷《うなず》いた。

「わかりました。全力を尽くします」

「連絡はいかなる場合でも、私に直接すること。時間は二十四時間、一切問わない。いいな」

「それではさっそく、チーム編成にかかります」

陣内は部屋を出た。

下条は、閉じたドアをしばらく見つめていた。やがて自嘲《じちょう》の色がある笑いをかすかに浮かべると、ぼそぼそと呟《つぶや》いた。

「然《しか》るべき血筋を身内に持たぬため、一生を役人で甘んじねばならない者の、必死の抵抗と言ったら、君は笑うかね」


片瀬直人の住む1DKは、生活臭さがほとんどなかった。窓からは京成電鉄の架線と、そのはるか向こうに真間《まま》山のこんもりした緑が見えている。

松永は、本棚とベッド以外調度らしいものがない部屋を見回した。

「ここがあんたの城ってわけか」

「ゆっくりと話をするなら、ここのほうがいいでしょう。資料もそろっています」

「先日あんな真似《まね》をしておいて、ずけずけと部屋までおしかけて来るなんて、ずうずうしいと思ってるだろうな」

「僕もここのほうが落ち着けます。さっそくですが、僕に尋ねたいことというのは何ですか」

「いろいろとね……。まず、あんたの拳法《けんぽう》について教えてもらおうか」

「先日も言いました。祖父から教わっただけで、名も由来も知りません」

「あんたは、そうとうな使い手のようだ」

「それは買いかぶりというものです」

「ごまかしちゃいけない。この俺は、実際にあんたと一戦交えているんだぜ。俺をただの素人だと思うかい。空手三段なんだよ。空手三段といや、チンピラの五、六人は一度に相手できるんだ。それに、俺は偶然見かけてるんだ。四ツ谷駅の入口で、あんたが十数人の暴れるごつい男たちを手玉に取るところをな」

　片瀬は無言だった。

「俺は武道家の端くれのつもりでいる。あんたの術に心底驚いたんだ。どうしても、その秘密を知りたくなるのは当然だ。わかるだろう?」

「本当に――」

片瀬は澄みきった眼で松永を見た。

「僕はあの武術の名も由来も知らないのです。この体が覚えてしまっていると言ったほうがいいでしょう。ただ、いろいろと調べていくうちに、中国拳法に似た技法が多く見られることに気がつきました」

「ほう……」

「ひとつは円を基本とした動きですり足運び、防御、攻撃、これらすべてが、円を描きながら行なわれます。すべての技は、大小の多彩な円の組み合わせです。これは太極拳にも見られます」

「なるほど。それであんたに触れることができなかった理由のひとつがわかった。間合いは近いのに、どうしても手足がとどかなかった。あんたは直線の攻撃に対して、円でかわしていたんだ。ま、理屈でわかっても、なかなかできるもんじゃないがね」

「もうひとつは、点穴《てんけつ》と発勁《はっけい》の組み合わせです」

「発勁というのは、中国の北派拳法独特の技法だな。瞬発力を一点に集める方法だと聞くが……」

「呼吸法と合わせて、筋力プラスアルファを得るための技術です。特に八極拳という門派が重要視しているようです」

「点穴というのは何だい」

「簡単に言うと、ツボを攻める技法です。中国では、ご存知《ぞんじ》のとおり、ツボに関する研究が昔からさかんに行なわれました。これを見てください」

片瀬は三枚のコピーを取り出し、松永に手渡した。それぞれに、簡略な人体図が描かれており、その体中に小さな点が記してある。

「それは、少林拳、北派蟷螂拳《ほっぱとうろうけん》、楊家太極拳《ようかたいきょくけん》、それぞれの点穴図です。最も完成されているのが、楊家太極拳。穴《けつ》というのはツボのことです。楊家太極拳では、全部で三百五十七穴のうち、重要なもの三十六穴を選んで、これを、死穴、唖穴《あけつ》、暈穴《うんけつ》、麻穴《まけつ》の四つに分けています。死穴というのは、強く突かれると即死するツボ、唖穴というのは、点穴されると知覚をまったく失いぽかんとしてしまうツボ、暈穴は、突かれると気絶するツボ、麻穴というのは、突かれるとしびれて無力になるツボをそれぞれ意味しています」

「で、発勁と点穴を組み合わせるというのはどういうことだ」

「ツボに向かって、指で突き、その指に力を一気に集中させるということです」

「四ツ谷駅前で、学生たちに放心した顔でしりもちをつかせたり、俺の腕をしびれさせたりしたのはそれだったわけだ」

片瀬はかすかに頷いた。

「三百以上もある急所をすべて覚えているというのか」

「暗記しているわけではありません。生理的にツボがわかるのです。動物たちが正確に敵の急所を攻撃するのと同じです」

松永は、ぞっとした。さりげない言葉の陰におそろしいほどの自信がうかがえた。

「話を聞いたところでどうしょうもないな。空手の修行をずいぶんと積んだ俺だが、それでも、あんたの話を実感することができない。レベルが違い過ぎるんだ。しかも、あんたはそれを実際にやっちまうんだから、おそろしい話だ」

「おそろしいのは僕も同じです」

「どういうことだ」

「祖父から伝えられ、この体に染み込んでしまっているこの技は、スポーツとしての格闘技ではなく、明らかに人をたちどころに殺し、あるいは廃人にしてしまうためのものなのです。いったい、この武術は何なのか、何のために伝えられているのか、僕は長い間ずいぶんと考え悩みました」

「それで、釈迦《しゃか》の拳法の話にひかれたわけだな。あんたとしては救われた気分だったはずだ。なんせ、釈迦の拳法は人を殺すためのものではなく、道を説くためのものだからな。力愛不二《りきあいふに》というわけだ」

片瀬は静かに頷いた。

「僕が空手や拳法、そしてインド文明の研究を夢中で始めたのは、それがきっかけでした」

「きっかけは、本当にそれだけか」

「どういうことでしょうか」

「いや……。いいんだ。……で？　成果はあったのかい」

「インドで出会ったバクワン・タゴールのクトワルヤイのなかに、僕の術と共通のものをいくつか発見しました」

「なるほど……。どういうことになるのかな、そいつは」

「バクワン・タゴールが伝えている武術と、僕の術は共通の武術から発生しているのではないかと僕は考えました。それは松永さんが言われた、インドに独特のマーシャルアーツの発達をうながし、タイにムエタイを生じさせ、中国の少林寺に伝わった拳法です」

「釈迦の拳法か……。それであんたは古代インド文明が日本に伝わった形跡はないかと調べていたんだな」

「どうしてそれを……」

「高田先生に聞いたのさ。だが、なぜなんだ。あんたは、日本の古代ばかり気にしているようだが、もっと新しい時代に伝わったことだって考えられるだろう」

「祖父の言葉を信じたのです。『この技は神代《かみよ》の昔から我が家に代々伝わるものだ』と祖父は言っていました」

松永は、この返答があまりに稚拙《ちせつ》なのに不審を抱いた。片瀬が隠し事をしていると思った。片瀬が明らかにしたがらないこと。それは服部に関すること以外にないと、松永は確信した。

「羅漢というやつを気にしているらしいな。そいつはどうしてだ」

「理由はありません。インド哲学や仏教を調べていくうちに、ふと興味を持ったのです」

この答も、松永は素直に受け取ることができなかった。

「そうかい」

妙に食い下がって警戒心を持たれるのを松永は避けようとした。彼は、そろそろ質問を切り上げることにした。

12

松永は、マンションにもどった。エレベーターホールへ向かう途中で人影に気づいた。通り過ぎようとすると、人影は松永に駆け寄ってきた。

「おまえは……」

松永は足を止めて相手を見すえた。

「驚いた？」

六本木の『サンセット』で声をかけ、横浜のモーテルで遊んだ女子大生だった。

「何だってこんなところで俺を待ち伏せてるんだ」

「ご挨拶《あいさつ》ね。若くてぴちぴちした女の子がわざわざ訪ねて来たのよ。もっと歓迎してくれてもいいじゃない」

「時と場所によるな」

「親と喧嘩《けんか》して家を飛び出して来たのよ。行くところがないの」

「毎夜、男をとっかえひっかえ遊び回っていたら、親だってかんしゃくのひとつも起こそうってもんだ。どうしてここがわかった？」

「『サンセット』のバーテンに、おじさんの名前を聞いたのよ。あとは電話番号帳と交番でね」

「そういう真似をしてると将来ろくなもんにならないぜ」

「おじさんみたいになっちゃうかしら」

「職業も調査済みってわけか。だが、そのおじさんてのはやめてくれないか」

「自分で言ってたじゃない」

「あれは盛り場での源氏名だ」

「それより、ここで朝まで立ち話する気？」

「いいや。お互いにいとしの我が家へ帰っておねんねするんだ」

「冗談じゃないわ。今さら帰れないわよ。せめてほとぼりが冷めるまではね」

「六本木で遊んでくれるボーイフレンドのところへ行けばいいだろう」

「ああいうところで、毎晩チャラチャラしているのは、みんな親のスネかじりなのよ。いざとなるとしりごみしちゃう。まったく最近の男は頼りないわ」

「ひとつだけ教えておいてやる。そういうのは男とはいわない。坊やというんだ」

「おじさんは男でしょ」

「わかったよ」

松永はエレベーターのボタンを押した。

女子大生はヒトミと名乗った。

「散らかってるわね」

部屋のドアを開けると、ヒトミは顔をしかめた。

「転がり込んできて文句を言うな」

「ね、お酒あるでしょ。楽しくぱっとやりましょうよ」

「俺はこれから調べものをする。おとなしくじっとしてないと、叩き出すぞ」

「どうしてそう不機嫌なの。こないだとは大違いね」

「どうして女はそういうばかなことを訊《き》くんだ」

「狩人《かりゅうど》は、仕留めた獲物には興味はなくなるってわけ？」

「ちゃんとわかってるじゃないか」

「なによ。いい思いをしておいて」

「お互いさまだろ。さあ、おとなしくテレビでも見てろ。言っておくが、ボリュームはひかえめにな。頭脳労働のさまたげになる」

松永は、ダイニングテーブルに、かき集めてきたコピーやメモを広げた。ヒトミは、鼻を鳴らして、テレビのスイッチを入れた。乱れたままのベッドにあぐらをかき、ブラウン管を眺め始める。

松永は背を向けて、テーブルの上の文字の列に集中しようとした。

片瀬直人と水島静香の秘密めいた雰囲気が松永に何かを語ろうとしていた。その秘密は「服部」という二文字に行きつく。

「五百万だと？　なめられたもんだ」

松永は、秘密の陰に桁《けた》違いの金の気配を感じ取った。

「これ、借りたわよ」

松永が振り返ると、ヒトミが白い綿のシャツを着て立っていた。ボタンが上から三つまで外されていた。すそから日に焼けた健康的な素足が伸びている。乳首がシャツの胸をもち上げていた。

「パジャマ、持ってこなかったのよ」

松永は目を細めた。上から下まで、若い肉体の上にゆっくりと視線を這《は》わせる。

「おとなを挑発するもんじゃないぜ」

「するとどうなるの」

松永は立ち上がって、ヒトミを軽々とかかえ上げた。彼はベッドまで行き、柔らかな体を放《ほう》り出した。

ヒトミは年に似合わぬ眼つきで松永を見上げた。熟女《おんな》の眼差《まなざ》しだった。

「結局、こういうことになるのね」

松永は低く呟いた。

「情けないことにな」

松永は細い首筋に唇を触れた。ヒトミは甘く鼻を鳴らす。シャツをたくしあげると、乳房が揺れた。

柔らかな胸に唇と舌をたくみに這わせる。

ヒトミはすぐに息をはずませ始め、枕《まくら》の端を握りしめた。


片瀬は、自室の書棚に並ぶ本を十冊ばかり抜き出した。陰から長さ五十センチほどの細長い桐《きり》の箱が姿を見せた。箱は茶色く変色しており、角が落ちていた。

書棚の奥からその箱を引き出し、そっと上ぶたを開ける。

絹の包みを丁寧にほどくと、なかから現れたのは、黒光りする鉄の短剣だった。刀身はまっすぐで、諸刃《もろは》の形をしていた。刃は鈍く本来の武器の役割は果たせない。つかには唐草模様が描かれており，刀身には「朕爾命一如」の五文字が刻まれている。「天子である私と、おまえのいのち（または命令）は同じものであると考えてよい」の意味だ。

ところどころに錆《さび》が浮いているが、保存状態は驚くほどよかった。

片瀬はしばらくその短剣を見つめていた。千二百年あまりの歴史が、絹の布越しに片瀬の掌《てのひら》に伝わっていた。

短剣はいまわしい運命の象徴だった。

片瀬は父母の記憶を持っていなかった。その面影すらおぼえていない。彼の幼年時代の記憶は、祖父とのふたり旅から始まっていた。

初めて絵本や自動車の玩具《がんぐ》を与えられる年頃《としごろ》に、片瀬直人は独特の呼吸法を学んでいた。気の力を集中させる技法だった。

祖父は、ようやく足腰が安定する年齢に達したばかりの幼な児《ご》に、突き技と蹴《け》り技を徹底して教えた。技はあくまでも流れるように美しい型にそって教えられ、決して拳を鍛えるようなことはしなかった。鍛練の痕跡《こんせき》が残るのを嫌ったのだ。

さらに、片瀬は指を練るために、まず砂を突いた。砂に指が通るようになると、小砂利を突く。次に大きめの砂利を満たした器のなかに指を突き立てた。

幼い片瀬は、乾いた土が水を吸うように、祖父の教えを次々と体得していった。彼の体を流れる血が、高度な技の体得を可能にしていたのだ。

世間の子供たちが幼稚園へ通う年齢になった片瀬は、水を満たした瓶《かめ》を指で突き、器を動かすことなくなかの水に波紋を作ることができるようになっていた。

中国拳法でいう発勁《はっけい》の完成だった。

それは、長い遍歴の終わりを意味していた。

祖父は片瀬直人を奈良の養護施設にあずけると、姿を消した。

別れの前夜に、片瀬は初めて両親の死の秘密を聞かされた。

両親は、農作業の帰り道、十数人の敵に襲われたというのだ。一群を率いていたのは、服部宗十郎の息子、義貞と忠明だった。

敵はいずれも武術の達人ぞろいだった。一方、直人の両親は平穏な日常に慣れ、技を練ることを忘れていた。勝負は明らかだった。

片瀬直人の両親は命を奪われ、軽トラックもろとも谷底へ突き落とされた。

服部の動きを察知した祖父は、いちはやく、宝剣をたずさえ、幼い直人を連れて逃げのびたのだった。

別れの際に祖父は言った。

「わしらはいっしょにはいられない。わしらがふたりでいると、きっとおまえの身にも不幸が起こる。おまえの父さんや母さんのようにな」

片瀬直人が祖父の死を知ったのはそれから間もなくのことだった。大和《やまと》の大峰山系の谷で死体で発見されたという。幼い直人も、誰の手によるものかはすぐにわかった。

片瀬直人は服部のせいで肉親のすべてを失った。

夢から醒《さ》めるように追憶はとだえた。

やがて彼は、宝剣をもとのとおりに絹で包み直し、さらにその上から、用意していた厚手の布でくるんだ。

彼は、長さ五十センチほどの細長い包みを手提げバッグのなかにおさめた。

時計を見る。夜の八時を回っていた。

片瀬直人はバッグを提げて立ち上がった。

夜行性動物の足取りで、彼は部屋を出た。

13

「今度は何の用だね」

高田教授は迷惑そうな顔で松永を迎えた。

「学者の知恵を借りたいと思ってね」

「どうせろくなことじゃあるまい。とにかく早く用を済ませてくれないか。私は忙しいんだ。ちょっとした肩書きが増えそうなんでね。その根回しやら何やら……」

「服部からごほうびにポストをいただいたというわけか」

高田教授は、わずかに動揺の色を浮かべた。

「どうやら図星のようだな」

「私に尋ねたいことは何なのだね」

「ずばり服部家のことだ」

「服部の……?」

「あんた、服部家についてはどこまで知っているんだ?」

「そんなことを訊いてどうするつもりだね」

「あんたの知ったこっちゃない。時間が惜しいんだろう。質問に答えてもらおうか」

「服部家のことなど、私は何も知らん」

「そうかい。学者ってのは何でも知ってるもんだと思っていたんだがな」

「専門外のことには詳しくないものなのだよ。ジャーナリストにでも訊いたほうがいいんじゃないのかね」

「訊いたさ。こう見えても、俺はジャーナリストには顔が利くんだ。知り合いをつかまえては、あれこれ尋ねてみた。本もめくってみた。調べに調べ抜いてここへやってきたのさ」

「私に質問するのはお門違いというものだ」

「あんただって、服部宗十郎の途方もない権力を知っているだろう。その恩恵にあずかっているようだからな」

「権力者であることは知っている。だが、それだけのことだ」

「じゃあ、こうしよう。今、ここで考えてくれ。考えるのがあんたの商売だろうからな」

「断わる」

「俺に協力するように服部から言われているんじゃなかったのかい」

「協力しろと言われているのは、片瀬直人に関することだけだ」

「これも、片瀬に関することなんだよ」

「余計なことだ。君も身のためを考えて、そんなことを知ろうとするのはよすんだな」

「ほっといてくれ。こういうのは、どうだい。俺が質問する事柄に対して、あんたはイエス、ノーだけで答える。これくらいの協力はしてくれてもいいだろう」

「私は何も知らないんだ。服部がなぜ片瀬直人のことを調べているのかすら知らない」

「知ってることだけに答えてくれればいいんだよ。簡単なゲームだ。始めるぜ。服部の権力の基盤は、財力や組織力じゃない。これはあんたにもわかるな」

高田常造は松永の強引さに負けた。溜息《ためいき》をついてから、しぶしぶ口を開いた。

「知っている。答はイエスだ」

「服部はたいへん古い家柄のようだ。二千年近い歴史があると言われているらしい。知り合いのジャーナリストが言っていた。だとすると、服部の力の秘密はその血筋にあると考えていいんじゃないか」

「イエス」

「とすると、日本の歴史のなかに当然顔を現しているはずだ。必ず何かの記録が残されていなければならない。そうだろう」

「そうだろうね。……イエス」

「日本の歴史のなかで服部の名のつく一番の有名人は服部半蔵だ。認めるね」

「イエス……」

「さて……。服部宗十郎の屋敷は笠置《かさぎ》山中にある。服部半蔵が生まれ育った伊賀の里は目と鼻の先だ。これも間違いないね」

「……イエス」

「服部宗十郎と服部半蔵が関係あると考えて不自然じゃないね」

「それは無茶だ。姓と出身地が同じというだけで……」

「そうかな。俺はかなり有力な仮説だと自負しているがね。明治になるまでは、地縁と血縁の関係は今よりずっと密だったんだからな。根拠はこれだけじゃない。服部宗十郎の屋敷の連中は、代々伝わる『角《かく》』という武術を身につけている。これは、伊賀忍法を連想させるじゃないか。忍法というのは本来、煙を出して姿を消してしまうようなものじゃない。格闘技を中心とした体術なんだよ」

「服部宗十郎が服部半蔵の末裔《まつえい》だとでも言うのかね。そんなはずはない。調べればすぐにわかることだ」

「直接の末裔だと言っているわけじゃない。何らかの血のつながりがあると言ってるんだ。血筋をたどっていけば同じところにたどりつくだろう。同じ土地で、同姓の古い家柄。これは間違いない。ゲームを続けようか。伊賀服部の祖は、半蔵の十六代前の伊賀平内左衛門尉《さえもんのじよう》家長という人間だと言われている。家長が平知盛《とももり》に仕えて活躍し名を成したのが伊賀服部家のはじまりだ。これは史実に残されている。いいな」

「そこまでは知らないが、史実にあるというのなら……」

「さらに血筋をたどっていくと、帰化人グループの秦氏《はた》にたどりつく。伊賀の家長は、秦氏の二十九代めだと言われている。秦氏というのは、応神《おうじん》天皇のころ西域から中国、朝鮮半島を経て日本へやってきた一族だが、いろいろと不思議なことが多い。養蚕、機《はた》織《おり》の仕事で朝廷に仕えたといわれているが、大蔵、内蔵《うちくら》の出納の役目もになっていたらしい。大蔵省といえば、今でもエリート省庁だ。外国からやってきた一族にどうして国の重要なポストを任せたのか。こいつはおもしろいね。もともと、日本に渡って来てからは、秦氏はいろいろなところに分散して住んでいたらしい。それを雄略《ゆうりやく》天皇がひとところに集め、しかも、機織《はたおり》の部《べ》を管理する伴造《とものみやつこ》に任じている。これも不思議だ。そうだろう」

「……イエス……。だが、待ってくれ。雄略天皇ら、応神天皇から始まる、いわゆる『応神王朝』は、大陸系の征服王朝だったという説が有力だ。同じ大陸系ということで、帰化人の秦氏を集めたのではないかな」

「それは俺も考えたさ。だが、根拠が薄い。確かに、大陸系の征服王朝だったかもしれない。だとしたら、なおのこと、徹底的な合理主義が体質として染みついているはずだ。彼らは、のどかな日本で戦ってきた民族ではない。さまざまな異民族が入り乱れる広大な草原を馬で駆け回り、食うか食われるかの戦いを毎日まいにち続けながら生きのびてきた連中だったろう。そんな体質をもつ朝廷の第一義は何だと思う？　武力だ。そうだろう」

「イエス……」

「武力を持たぬ者は、朝廷では要職になどつけない世の中だった。応神王朝には、王子《みこ》の暗殺の記録が多く残されている。十二人の王が治めた約百年の間に、十三人の王子、ひとりの大王《おおきみ》が暗殺されているという。それが、何より、武力が重要だという裏付けになる。そう考えると、当然秦氏もそうとうな武力を持っていたと考えていいだろう」

「イエス」

「しかも、朝廷がわざわざ散らばっているのを一カ所に集めたくなるような卓越した武力だ。何だと思う？」

「さあね。私は君ほど想像力がたくましくないもんでね」

「金や地位のことばかり考えてるからそうなるんだ。いいか、ちょっと頭をひねってみろよ。秦氏の末裔がどんな連中か。服部半蔵だ。伊賀忍法というのは、日本の武術のなかでもきわめて特殊なものだ。雄略天皇が関心を持った秦氏の能力。それは、実は機織の業じゃない。後に、伊賀服部の忍法として発展してゆき、服部宗十郎の家に『角』として伝わった大陸系の拳法だ。秦氏というのはエリートだった。機織というのは確かに先進技術だった。その先進技術を使いこなしたほどの一族だ。他にもいろいろな能力を持っていたにちがいない。拳法などの体術もそのひとつだ。秦一族は、表向きは機織の職人として、そして実は、体術を駆使した謀略をその業として、おおいに朝廷のために働いたんだ。その伝統が服部半蔵の代に再び生かされることになる。どうだい。辻《つじ》つまは合うだろう」

「イエス……。だが……」

「だが、確証は何ひとつない。あんたはそう言いたいのだろう」

「そのとおりだ。その話を証明するのは不可能だ。したがって、何の意味も持たない推論だ」

「不可能じゃないさ。確証を握っているやつがいるんだからな」

「誰のことだ」

「服部宗十郎。そして、片瀬直人も、かなりのところまで知っているはずだ」

「片瀬直人が……？」

「そう。あいつは服部家に関する何かをつかんでいる。それは、あの服部宗十郎をおびやかす何かだ」

「私にとっては絵空事にしか聞こえん」

「だが現実だ。おかげで、あんたは大出世というわけだからな」

「服部が秦氏につながるという話はわかった」

「そう。服部宗十郎は、かなり秦一族の血を濃く宿した末裔にちがいない」

「だからと言って、彼の権力の秘密を解き明かしたことにはならない」

「話はまだ続くんだよ。秦氏は、山城の国、つまり今の京都盆地の開拓者だったんだ。

当時、山城の国は北東から高野川、北西から鴨川が流れ込むドロドロの土地だった。秦氏はこの盆地を、先進の土木技術をもって開拓した。当時こんな真似ができたのも、大陸から来た秦氏だけだったんだよ。山城の国の大地主となった秦氏は、やがて朝廷に対し、都の誘致運動を始める。それで出来たのが、長岡京《ながおか》だ。このとき、秦氏は不思議なことに、ほぼ無償で土地を提供している。いや、代償に何を得たか、謎《なぞ》のままなのだ。帝都の土地を提供した代償だ。そうとうなものだったと考えていいだろう」

「そのときに、絶大な権力を朝廷から与えられて、それが今に至っていると……」

「俺はそう考えるね。事実、そのあとの平安京前期には、秦一族は、朝廷でかなり幅をきかせていたようだ。もっとも後期になると巧妙な藤原氏の寝技政治の犠牲となって消えていくがね。その消えかたも問題だ。いつ、どこへ消えて行ったかがわからない。やがて、長い歴史を経たあとに、一支族の流れをくむ服部半蔵が登場するというわけさ」

「ばかな……。千年以上も、ただひとつの血統の権力が持続するはずはない。事実、藤原氏だって消え去ったじゃないか。まだある。源平、織田信長、豊臣秀吉、徳川家康、これら天下人たちがどうなったかを考えてみるといい」

「確かにそうだ。しかし、彼らは単に政治的な覇権者に過ぎなかった。日本の政治的覇権は確かに入れ替わった。だが、決してゆるがぬ権力がひとつだけあった。天皇だよ。そして、秦一族、つまり服部家は天皇に影のように寄りそっていたんだ」

「本気で言ってるのかね」

「最初は自分でも、まさか、と思っていた。だが、考えるにつれ確信は強まった」

「今まで、どうして誰もそれを指摘しなかったんだ」

「必要がなかったからさ。服部家はずっと陰の存在だった。人間は自分の利害に関係ないことは考えたがらないもんだからな。謎の権力――それだけですべて片付いてうまくいっていたんだ。ドラキュラの墓をあばくような真似は誰だってしたくないさ。よしんば、何か言い出そうとする人間がいたとしても、服部にとっちゃ、ひねりつぶすのは訳ないことだったろうしな」

「なぜ――」

高田常造は不安の色を露《あらわ》にした。

「そんな話を私にするんだ」

「知恵を借りたいと言ったろう。もし、反論の余地があれば、言ってもらいたいと思ってな。見事に俺の仮説を叩きつぶす意見があれば、喜んで受け入れるがね。どうだい」

高田常造は視線を落とし、弱々しく呟いた。

「ただの仮説に過ぎん……」

「ということは――」

松永は立ち上がった。

「学者先生が認めてくれたと解釈していいんだな。俺の説は筋が通っていると」

「もう一度言うが」

高田常造は蒼《あお》い顔で松永を睨んだ。

「悪いことは言わん。余計なことに首を突っ込むのはやめるんだ」

「自分の身にまで火の粉が及ぶのがおそろしいというわけか」

「道づれはごめんだからな」

松永は笑《え》みを浮かべ、ドアに向かった。


大学正門わきに駐車していた愛車のドライバーズシートにすべり込んだ松永は、ショートホープをくわえ、ジッポーのオイルライターで火を点《つ》けようとした。その手が止まる。

松永の目は、ルームミラーに向かって大きく見開かれた。

無表情な男の顔が映っていた。

松永は、首筋にひやりと冷たいものを感じた。アメリカ製のランドール・ファイティング・ナイフだった。あてがわれたときの恐怖感は、拳銃よりも直接的だった。

「動くと取り返しのつかない怪我《けが》をする」

囁《ささや》くような声がした。

松永は、車の内外を確認しなかった自分の不注意さに舌打ちした。

相手は落ち着き払っていた。確実に仕事をやってのけようという態度だった。松永は従うしかないことを悟った。

「ゆっくりと静かに車を出すんだ」

男が低い声で言った。

松永はギアをローに入れた。

「新宿通りに出て、半蔵門方面へ向かえ」

「どこへ行こうってんだ。いっしょにドライブするにゃ、あんたは役者不足だ」

男は何も言わなかった。

松永はハンドブレーキを解除し、クラッチを上げた。ルームミラーに、ぴったりと後をつけてくる、紺色のブルーバードが映った。

14

ダイヤモンドホテルの貸し会議室で松永を待っていたのは、下条泰彦と陣内平吉だった。

松永はふたりを観察した。とりすました表情の陰にある危険なにおいを敏感に嗅《か》ぎ取った。

松永を案内してきた男たちは、姿を消した。

「よく来てくださいました。松永さん」

下条泰彦が立ち上がって声をかけた。

「どうぞ、おかけください」

松永は、ドアのまえから動こうとしなかった。

「こういう招待のされかたは好きじゃないんだ」

「お怒りはごもっともです。だが、私たちは、あなたの予定をすべてキャンセルしてここに来ていただきたかった」

「どんな用かは知らないが、やりようはほかにいくらでもあると思うぜ。グラマーなバニーガールに花束と招待状を持ってこさせるとかな……」

「失礼はお詫《わ》びします。しかし、ほかのどんな方法でも、あなたはまっすぐここへはおいでにはならなかったでしょう。私たちは、あなたに何の準備もせずに来ていただきたかったのです」

「まず名乗ってもらおうか。それが礼儀だろう」

下条と陣内は一瞬顔を見合わせた。下条が、松永にゆっくりと視線をもどした。松永は、そのもったいぶった間の取りかたに、相手の身分の重要さを感じ取った。

下条は自分の素姓と名を明かし、陣内を紹介した。

松永は目を細めた。

「こいつは驚いた。噂《うわさ》には聞いていたが、れっきとした政府の機関が、こういうギャングまがいの真似をするとは思わなかった」

「あなたの空手の腕と機転を恐れてのことです。この部屋では、純粋に仕事の話をしたい」

「仕事の話だって？」

松永は、ようやく椅子《いす》に腰をおろした。

「そいつは、俺に金もうけをさせてくれるという意味なのか」

「あなたの出かた次第です」

「内閣調査室が民間の人間を大勢動かして調査活動をやっているというのは知っていた。だが、こういう接触のしかたをするとは思わなかったな」

「ケース・バイ・ケースですよ。私たちが協力を依頼する民間人というのは荒事の専門家のように思われていますが、実際は、学識経験者などが多いのです。今回のようなことも多少ありはしますがね」

「何の話で俺をここへ連れて来たか、おおよそ見当はつくよ」

「そうでしょう。一目見てわかりました。あなたは頭の悪いかたじゃない」

「服部のことだな」

下条は頷いた。

「おわかりなら話は早い。あなたのつかんだ情報を、私たちに売っていただきたい」

「俺がつかんだ情報？　俺が何をつかんだと思ってるんだ。服部のことなんて、何も知りやしない」

「あなたは、服部宗十郎の息子たち、服部義貞、忠明と接触している。あなたが彼らに雇われていることは調べがついているのですよ」

「確かに雇われたさ。だが、仕事は単純な調査だ。調査内容が服部家とどんな関わりがあるのか、何のための調査か、俺は一切知らされちゃいない」

「知らされてはいないが、あなたはそれを知ろうとなさっている。違いますか」

「なるほど、いろいろ調べているようだな。それは俺の個人的興味だ」

「個人的な興味のために、危険に身をさらすのは愚かな行為です。あなたは、もうそのようなことに懲《こ》りていると思っていましたがね」

「何のことだ」

「日下部《くさかべ》和子《かずこ》」

松永の顔色が変わった。

「松永さん。あなたは若くてやる気まんまんの新聞記者だった。記者クラブに落ちついている器じゃなかったんですね。ともあれ、あなたの好奇心は、現職の衆議院議員の贈収賄を嗅ぎつけてしまった」

下条が話し出した出来事は、松永が無理矢理記憶の暗い淵《ふち》に閉じ込めていたものだった。下条はその封印をいともやすやすと破ってしまった。

大手新聞社に入社し、社会部に配属された松永は、持ち前の行動力を十二分に発揮していた。

当時、松永は警視庁の記者クラブに身を置いていた。警視庁担当のいわゆる事件記者たちは、仕事が終わって杯を交す刑事たちにぴったりと付き、その席に加わって親睦《しんぼく》を深めたり情報を得たりしようとする。

「夜回り」と呼ばれる大切な仕事のひとつだった。

新米記者だった松永は、親しく言葉を交す刑事もいなかったが、とにかく毎夜、刑事のたまり場となっている半蔵門そばの大衆飲み屋に顔を出していた。

ある不動産業者と衆議院議員の贈収賄の疑いがあることを小耳にはさんだのは、その大衆酒場でだった。

マル暴、つまり警視庁刑事部捜査四課の刑事ふたりが声をひそめて交す言葉を耳にしたのだった。ふたりの刑事は、松永が記者であることに気づかなかった。会話は断片的にしか松永にとどかず、すぐに話題は変わってしまった。しかし、血気さかんな松永を行動にかりたてるのに十分な起爆剤だった。

デスクは、すぐさま松永に周辺調査の指令を下した。「事件」として発覚した際に、スクープできる材料を集めておくのが松永に課せられた仕事だった。

問題の不動産業者は広域暴力団中津会の傘下にあった。松永が周辺を洗い回っていることに気づいた彼らは、下級の暴力団員を使って露骨ないやがらせを始めた。

しかし、松永は屈しなかった。何よりも、デスクの励ましに勇気を得ていた。自分には、デスクをはじめとする大新聞社の後ろ楯《だて》がついていると信じきっていた。

松永は、記事の材料となりそうなものをかき集める一方、一刻も早く記事にするようにデスクに訴え続けた。

「国会議員がからむ事件は、神経質にならざるを得ない。事件として成立するまで待て」

デスクは常にそう返答した。

松永は納得せざるを得なかった。彼はデスクを信じ続けた。

そして、ついに事件は成立した。

しかし、警察発表は不動産業者の土地売買に関する違法行為と所得隠しだけに終始し、衆議院議員の名も中津会の名も出て来はしなかった。

各紙とも、一段のみの小さな記事として片づけ、すべては終わった。松永の社も同様だった。

松永はデスクに激しく抗議した。中津会の暴力団員と必死に戦ってきた精神的痛手がすべて無駄になったのだ。

デスクの返答は曖昧《あいまい》だった。

「警察発表以上のことを報道するのは、いわば根拠のない架空の出来事を報道するのに等しい。その社会的責任はいったい誰が負うのか」

「政治部の国会付きの記者からも、クレームがついている。突っ走り過ぎはやめてくれとな」

デスクは、その二点を松永に告げて口を閉ざした。

松永は心の中に水をかけられた気がした。

熱いものが急速に失せていった。

一件は片づいたように見えた。だが、中津会の松永への攻撃は終わっていなかった。今後、再びうるさく付きまとうことがないようにと、思い知らせる必要があったのだ。

中津会の手は、松永の当時の婚約者だった日下部和子に伸びた。

血の気の多い若い組員が五人で和子に乱暴をはたらいた。複数に暴行を受けた彼女は、松永をも恐怖の眼で見るようになってしまった。彼女は、松永の前から姿を消した。

その事実に逆上した松永は、再度デスクに咬《か》みついた。

デスクはひとこと「気の毒なことをした」とだけ言った。

松永はその瞬間に、デスクがやけに見すぼらしく見え始めた。デスクの力はあまりに小さく、人柄は低俗に思えた。その印象はその先ずっと変わらなかった。

そして、ある日、唐突に松永は東北のある支局に転勤を言い渡された。記者に転勤は付きものだ。どこの新聞社、通信社でも若いうちは地方の支局を経験させられる。松永も、何もなかったとしたら、素直に辞令に従っていたはずだ。

しかし、彼にはそれができなかった。松永は、それを機に新聞社を辞職した。

「八年も昔のことだ」

松永は言った。

「しかし、あなたはまだ忘れてはいない。それからの生活ががらりと変わって荒れたものになっているのを見てもわかります」

「よく調べたもんだ。敬服するよ」

「うらやましいですな」

「何がだ?」

「いえ、あなたが新聞社を飛び出して、たったひとりで生きようとなさっているのはなぜかと思いましてね。つまり、それはまだあなたの心の奥に若い頃と同じ情熱が残っているからですよ。私たちのような生活を送っている者には縁のなくなってしまった、きわめて人間的で素直な情熱がね」

「笑わせるな」

「その柄の悪さも、金もうけ第一主義も、私には演技のように思えてならないのですよ。あなたは、そのような演技を続けながら、昔のように何かに血をたぎらせるチャンスを待っているのですよ。あなたはもう一度信じるものを見つけたいと思い続けているのです」

「初対面の人間にそんなことを言われるとは思わなかったな」

「初対面の印象というのは重要なものです。あなたを見て、すぐに感じました。あなたは、本当は金だけで動く人ではないと。他人の性格を見抜くのも、私の大切な仕事の一部でしてね」

「時間の無駄だ。そんなつまらん話は聞きたくない」

「失礼。話がそれました。私が、昔の事件まで持ち出して言おうとしたのは、あなたに現状をよく理解してもらいたいということです。よく考えてください。あなたはひとりぼっちだ。事情は切実なのです。文字通り、あなたの命が危ないのですよ。ここはひとつ、我々を味方にしておいたほうが、あなたにとって得策だと思いますが……」

「恩着せがましい言いかたはよしてくれ。俺は他人とは組まないことにしている。特に、おたくらみたいに、バックに権力をかざしている連中とはね」

「そうおっしゃると思っていました。では、こうお考えになってはいかがですか。私たちは、あなたのやりかたに一切口出しはしない。あなたが得た情報を我々が買う。そのために、我々があなたの身の安全を守る。これはあなたにとって有利な契約だと思いますが……」

「だが、へたをすると、おたくと服部宗十郎の両方から追われるはめになる。俺だって少しは長生きしたいんでな。考えさせてもらうよ」

「私たちは名乗った以上は、あなたをこのまま帰すわけにはいかないのです。どうしても取引をしていただかなければならないのですよ」

「名乗ったのはそっちの判断だろう」

「ここにいる陣内君は、現役の警察庁の人間です。内閣調査室の調査官は各省庁からの出向官吏なのですよ。彼は警視庁とのつながりも持っています。あなただって叩けば埃《ほこり》くらい出るでしょう。陣内君の力で、あなたを拘束することだって可能なのです。ここは私たちの条件を呑《の》んだほうがあなたのためだと思いますが」

「脅迫とはますます気に入らない」

「脅迫ではありません。単なる選択肢です。どちらを選ぶかは、あなたの自由だ」

「いくら出すんだ」

下条はゆっくりと笑顔を作った。

「あなたは話のわかるかただ。二百万出しましょう」

「話にならないな」

「服部から手に入れた金に加えて、労せずして二百万転がり込むのです。欲を張り過ぎてはいけません。我々の条件はそれプラスあなたの安全保障です」

「四百万だ」

「とんでもない」

「何を知りたいのか知らんが、あんたたちにはそれくらいの価値はある情報のはずだ」

「足許《あしもと》を見たつもりですか」

「四百万だ」

「二百五十まで出しましょう」

「四百そろえてもらおう」

「あなたは強気に出られる立場じゃないのですよ。三百、これが最後です」

「わかったよ。三百万だ。手を打とう」

下条は満足げに頷いた。

「さっそく、仕事の話とまいりましょうか」

「何が知りたいんだ」

「片瀬直人という学生と服部宗十郎の関係について。すべてです」

「片瀬直人だと？　そこまで知っているのなら、全部自分たちで調べればすむこったろう」

「時間と金の浪費は、極力避けねばならんのです。それに、我々の調査の範囲には限界があります」

「なるほどね。それじゃあ、わかってることだけを言う。それでいいな」

「はい」

「俺は服部宗十郎に片瀬直人の調査を依頼された。片瀬直人はただもんじゃない。まず、とてつもない武術を身につけている。空手三段のこの俺も、あいつにかかっちゃ子供と同じだったよ。片瀬直人には俺のほかにも監視役が付いている。ひとりは、彼の大学の高田常造という教授。こいつは確実な情報だ。そしてもうひとり、これは多分に俺の推理の域を出ないが十中八九間違いない。水島太一のひとり娘、水島静香だ」

「水島蔵相の……?」

下条と陣内は再び顔を見合わせた。陣内は眠たげな眼をしていた。

「確かに水島太一は、服部の一族のひとりです。しかし、その娘が片瀬直人の監視役とは想像もしませんでした」

「片瀬直人と水島静香は、大学で同じクラスだ。俺の見るところじゃ、ふたりはお互いに憎からず思っているようだが、それを利用するとは、服部宗十郎もえげつないね」

「たまたま同じクラスというのも、出来過ぎた話ですね。片瀬直人を監視させるために、孫娘を、無理矢理にもぐり込ませた」

「有り得るね。服部宗十郎の力をもってすればできないことじゃない」

「なるほど……。片瀬直人についてもう少し話してもらいましょうか」

「彼は奈良の織物問屋片瀬家の養子だ。もとの名を聞いて俺も仰天したぜ。服部直人というんだ」

「それは、こちらでも調べがついています。だが、服部宗十郎との関係はつかめなかったのです。姓は同じだが、血縁関係はない。そのへんはどうです」

「まだわからんな。共通点といえば、空手でも中国拳法でも柔術でもない独特の拳法ということになる」

「片瀬直人が何かを持っているようなふしはありませんでしたか」

「何かってどんなもんだい」

「服部家に危機感を与えるような何かです」

「俺もそのあたりに目をつけてはいるんだがね。まだそれらしい気配は感じられないな」

「本当ですね」

「ここで隠しごとをしても、何の得にもならんさ」

「その言葉を信じたいですね」

「ひとつ訊かせてもらうが」

「どうぞ」

「どうして片瀬が、服部家を危機に陥れるようなものを持っているなどと考えたんだ」

「簡単な推論です。服部宗十郎の力の基盤は血筋にあります。血筋というのは堅固ではあるが、曖昧なものです。財力や組織力のように目に見えるものではありませんからね。

そして、服部が最も恐れること、それは血統が絶えることと、もうひとつ、自分の血統の正しさが否定されることとです。服部は、血筋を証明するものを持たねばならない。それが、もし、ほかの者の手にあるとしたら……」

「今の服部宗十郎が片瀬直人に対してしているように、血眼《ちまなこ》になって追い回し始めるというわけか」

「そのとおりです。服部が、片瀬直人を追い回しながらも、命を奪おうとしない理由も頷けるでしょう」

「俺もそれ以外には考えられないと思っていたよ。孫娘の婿候補の素行調査にしてはおおげさだからな」

「……そして、我々は、その血筋を証明する何かとは、天皇家と関係があると睨んでいます」

「ほう……。そいつは、俺の仮説にもぴたりとくるな」

「どういうことです?」

「機会があったら話すよ。俺が知っているのはここまでだ」

「いいでしょう」

下条と陣内は立ち上がった。

「服部宗十郎が、片瀬直人に何を求めているのか。片瀬直人が何を握っているのか。それをあなたが報告してくれたときに、約束の三百万をお支払いします」

松永は、鼻で小さく笑うとショートホープをくわえた。彼は席を立とうとしなかった。

「どうしました。話はもう終わりましたが……」

「せっかくだから、おたくらの手を借りようと思ってね。ちょっとした提案がある。こいつは、俺ひとりの手にあまるんでね」

松永はふたりの顔を交互に眺めた。

下条は頷いた。

「お話をうかがいましょう」

15

「やはり、片瀬直人は自分の血の秘密を知っているようです」

正座した服部義貞が言った。隣に忠明がいた。

襖《ふすま》はいつものように閉ざされている。服部宗十郎は、義貞、忠明と襖を隔て、寝床に身を起こしていた。

「確かか」

「おそらくは……。これまでの調査の結果はそれを物語っております」

「そうか。荒服部《あらはっとり》の王の血筋を引く男は、自分の秘密を知っておったか……。桓武《かんむ》天皇が、服部の祖、秦一族に下し賜われた葛野連《かどののむらじ》の宝剣も、片瀬直人が持っておるということになろうか……」

「彼の父母、そして祖父も持ってはおりませんでした。ほぼ、間違いないものと……」

「大戦が終わり、それまで触れられなかった皇室関係の研究もさかんになった。多くの文献が初めて白日のもとにさらされた。わしもそれを機に、わが家に伝わる書物の整理をしたのじゃ。そのときに、わしはあの宝剣についてあらためて調べてみた。そして、それが作られてから四、五百年しか経《た》っていないことを知ったのじゃ。本物は千二百年余りの歴史を持っておる。おそらくは、わが家の先祖が世をあざむく必要に迫られて作ったものなのだろう」

「我々は本物の宝剣を手に入れ、しかる後に片瀬直人をこの世から消し去らねばなりません」

しばらくの間があった。

「わしも気弱になった……」

「は……？」

「服部家にまつわる血腥《ちなまぐさ》さが、うとましゅうなってきた。力を持つ者のさだめと思ってはおったのだがな……。冥土《めいど》への旅を目のまえにして、仏心が顔を出しおったらしい

「……」

義貞は何も言わず、畳の目を見つめていた。

「片瀬直人を養子として迎え、服部家の安泰を図ることも考えないではなかった」

義貞は顔を上げた。襖を見すえ、老人の真意を計ろうとしながら次の言葉を無言で待った。

「案ずるな。それがかなわぬことなのがわからぬほどもうろくはしておらぬ。服部一族のなかでも、桓武天皇以来の恩恵を受けられるのは宝剣を持った家系のみじゃ。もともとは荒服部がその家系じゃった。わが服部家の祖先が荒服部に取って代わり、服部の血筋のなかで第一の血筋となったときから、荒服部とわが服部家の戦いの歴史は始まった。これまでわが服部家は、荒服部の王の血筋を根絶やしにしようとしてきた。すべてわが服部家の安泰のためじゃ。我々は片瀬直人の肉親を何人もあの世に送ってきたことになる。そして、片瀬直人はそのことを知っているらしいという。我々はあやつと戦うしか道は残されていないようじゃ」

「この戦いはもはや、陰の歴史となっております。やはり宿命かと……」

「わしは、わしの血を引き、これまでわしに仕えてくれたおまえたちのために、わが服部家をより磐石《ばんじゃく》なものにして残してやりたい」

「はっ」

「荒服部の王は手ごわいぞ」

「充分に心得ております」

「聞け。義貞、忠明」

「はい……」

「荒服部の王を継ぐ者は生まれながらにして活殺自在《かっさつじざい》の奥義を悟っていると言われておる。わが服部家に伝わる『角《かく》』も、荒服部の型に倣ったものだ。片瀬直人の家系だけが、数ある服部家のなかでも特別に『荒服部』と呼ばれておるのは、彼らの強さの証《あかし》じゃ。〝荒〟は荒振神《あらぶるかみ》の荒、荒魂《あらみたま》の荒じゃ。それは、何にも冒されることのない力強さを象徴しておる。片瀬直人は、その荒服部の長となるべき血を引いておる」

「荒服部だけが特別であるという話を知るのは、今や我々だけです」

「片瀬直人も気づいておろう」

「それは我々にとって大きな問題とはならないでしょう。これまでも我々は荒服部と戦ってまいりました。その結果、現在の服部家があるのです。戦いの歴史は、我々服部家の勝利の歴史でした。時の権力が我々の味方なのですから」

「義貞。うわべだけを見てはならぬ。考えてみるがよい。それでも荒服部の血脈は絶えておらんのじゃ。我々が権力の安泰を願うように、荒服部はその血統の存続を強く願っておるのじゃ。血統が続く限り、やつらは決して自ら戦おうとはせぬ。やつらには正しい血統を持つという自負がある。自信に裏付けられた沈黙を守り続けているのじゃ。しかし、その血の危機を迎えたとき、初めてやつらは牙《きば》をむく。荒服部の血を引く者が、片瀬直人ひとりとなった今こそが、荒服部の戦いのときなのだ。これは、今まで荒服部が経験しなかった事態であると同時に、わが服部家にとっても初めての正念場なのじゃ。さらに、血統の正しさを証明する宝剣は、いまだ、やつの手にある。我々は心してかからねばならない」

「はい」

「荒服部は戦いを好まん。これまでやつらは争うことを避け続けてきた。だが、それだけに、やつらの力は底が知れんのじゃ」

「わかっております」

「急げ。しかも、慎重にな。何としても宝剣をわが手に収めるのじゃ。そして荒服部の血を今度こそ絶ってみせい」

義貞と忠明は深く頭を下げた。

静香が大学の正門を出ると、紺色のブルーバードが目の前に止まった。

突然、後部座席のドアが開き、地味なスーツ姿の男が飛び出してきた。静香はかかえ上げられるのを感じた。口をふさがれていて、声を上げることもできない。

車のなかから別の男の手が伸び、静香を車に乗せる手助けをした。男たちの手際はあざやかだった。

この出来事を目撃した者はいない。彼らはきわめて慎重だった。

水島静香はふたりの男たちに見覚えはなかった。

「あなたたちは、おじいさまのところの人じゃありませんね」

水島静香は自分を両側からはさむ男たちの顔を交互に見やった。男たちは何も言わなかった。

「私をどうするつもりなのですか」

「お静かに願います」

左側の男が低い声で言った。

「いったいあなたたちは何なの」

「それにはお答えできません。水島静香さま。我々は、ある筋からの指令で、あなたを、ある場所へご案内しなくてはなりません。ご安心ください。我々は、あなたに危害は一切加えません」

ブルーバードはすぐに停止した。

ホテル・ニューオータニの正面玄関だった。ドアマンが車の脇《わき》に立つと、左側の男はドアをロックしたままで言った。

「このホテルの一室に、しばらくとどまっていただきます。部屋に着くまで、おとなしく我々に従っていただきたい。ロビーやエレベーターで騒ぎを起こしたりはしないようお願いいたします。でないと――」

男は静香をひと睨みした。

「お父さまの水島太一氏が、不愉快な立場に追い込まれることになります」

「父が……」

「いいですね」

静香は力なく頷いた。左側の男はロックを解いた。

衆議院議員会館の廊下で、水島太一は首相と顔を合わせた。水島太一は、深く頭を下げた。

首相は、通り過ぎざまにふと立ち止まった。

「水島君」

「は……」

「どうかね、調子は」

「まずまずです」

「ときに、お嬢さんは元気かね」

「はい。むずかしい年頃で、親を手こずらせております」

「君は晩婚だったから、孫といってもおかしくないほど年のはなれたひとり娘だ。特にかわいかろうな」

「それは、もう……」

「もし……」

「は……？」

「もし、娘さんの身に何かが起きても、心配することはない。娘さんの身の無事は保障されておる」

水島太一の表情が曇る。

「だから決して取り乱したりすることのないよう、厳重に申し伝えておく」

「それは……」

水島太一は唇をなめた。

「それは、いったいどういうことなのでしょうか」

「これ以上は、私からも言えん。いいな。忘れるな。娘さんの身は安全だ。決して無用の騒ぎは起こさぬように、しかと伝えたぞ」

首相は歩き出した。

水島太一は声をかけあぐねた。蒼ざめた顔で、彼は廊下にたたずんでいた。

ニューオータニの一室では、陣内平吉が水島静香を待っていた。

「ここにおいでいただくまでに、多少、手荒なことがあったのを、お詫びいたします」

ふたりの男は戸口を固めている。

「いったいどういうことなのか説明していただきたいわ」

「それはご容赦願います。ある事情で、わずかの期間、あなたに姿を隠していただきたかった、とだけ申しておきましょう」

「誘拐《ゆうかい》に、監禁。これは立派な犯罪です」

陣内はおっとりとした表情で肩をすくめた。

「これ以上の犯罪を我々に犯させないためにも、あなたにはおとなしくしていただかなければなりません。あなたは何もする必要がない。ただ、この部屋にいてくださればそれでいいのです」

「無断で家をあけたら、家の者が騒ぎ出します。警察沙汰にもなるでしょう」

「ご心配にはおよびません。あなたのお父さまが政治生命にかけて、うまく取りしきってくれるはずです」

「父とあなたがたはどういう関係なのです」

「お答えできません。これ以上のお話はひかえさせていただきます。私は向かいの部屋で待機しています。この部屋は、あなたおひとりのものとなります。しかし、ここの電話の回線はストップしてあります。どこともお話しにはなれません。食事は我々で用意させていただきます。もし、何か用があれば、ドアの外の者にお申しつけください。ドアの外には、常時二名の者が立っております。くれぐれも面倒事を起こされないように重ねてお願いしておきます。でないと、我々は、もっと手荒な手段に訴えなくてはならなくなりますので。……では、失礼」

男たちは出て行った。

ひとり残された静香は、崩れ落ちるようにソファに身を沈めた。

彼女は両手で顔をおおい、かぶりを振った。

「片瀬さん……」

静香は呟いた。

「どうすれば……いったいどうすれば、みんなは私たちのことを放っておいてくれるのかしら……」

16

電話が鳴った。

片瀬は一度めのベルで受話器を取った。

「片瀬君か」

相手は松永だった。

「落ち着いて聞いてくれ。水島静香が誘拐されたらしい」

片瀬は言葉を失った。受話器を持つ手に汗がにじみ始める。

「事件が起きてから、まだ時間は経っていない。水島家では、まだ警察にも知らせていないようだ」

「どうしてそれを……」

「そいつは仕事柄言えない。だが確かな筋からの情報だ。とにかく、これから会いに行くから、そこにいてくれ」

「なぜ僕のところへいらっしゃるのですか」

「あんた、心配じゃないのか」

「僕にはどうしようもありません」

「いいか。これは、このあいだのような出まかせじゃないんだ。本当に起きたことなんだぜ」

「警察にまかせるしかありません」

「本気でそんなことを言ってるのか……。まあいい。三十分で行く。話はそれからだ。

そこを動くな」

電話は切れた。

片瀬は一度受話器を置くと、またそれを取り上げ、水島家にダイヤルした。

「お嬢さまは、出かけておられます」

水島家の家政婦が告げた。

片瀬は唇をかんだ。静香の行き先は不明とだけ家政婦は言った。だが、その声は、明らかに緊張を含んでいた。

片瀬は電話を切ると固く握り締めた拳で、机を叩いた。表情が焦燥《しょうそう》にゆがんでいる。

片瀬は部屋を飛び出した。

公衆電話の受話器を置いた松永は、塀の陰に隠れ、片瀬が住むアパートの玄関を見張った。

「三十分で行く」という言葉に騙《だま》された片瀬が、いつにない度を失った足取りで現れた。

松永はほくそえんだ。尾行を開始する。片瀬は小走りに、国鉄市川駅へと向かった。

駅入口の右手にある『みどりの窓口』に入った片瀬は、関西本線笠置駅までの乗車券と、新幹線の特急券を買った。

松永は、改札口の一歩手前で片瀬の肩を叩いた。

「どこへ行こうってんだ」

片瀬は振り返った。心底驚いたようだった。これほど取り乱した片瀬を、松永は初めて見た。

「どこへ行こうと、あなたの知ったことではありません」

「冷静沈着を絵に描いたような男だと思っていたがな……。水島静香のこととなると、前後の見境がつかなくなるらしい」

「急がなくては、取り返しのつかないことになります」

「その切符は、早いとこキャンセルするんだな。どこまで買ったか当ててみようか。奈良……あるいは、もう少し京都寄りか……。そうだろう。あんたが、そんなところへ行く必要はない」

「いつどこへ行こうと、僕の自由なはずです」

「そんなところに水島静香はいないよ」

片瀬は、澄んだ眼に怒りの色を浮かべて、松永を見つめた。

「とにかく、あんたの部屋へ行こう。こんなところじゃ、話もできない。いいか、切符は必要ない。キャンセルしろ」

松永は歩き出した。

打ちひしがれたように、頭を垂れた片瀬がその三歩後に続いた。

部屋にもどった片瀬は、固く表情を閉ざしてしまった。

松永は、うす笑いを浮かべている。

「あんたにも弱みがあることを知って、俺は安心したよ。その唯一の弱みが、女だったってのが気に入った。ぐっと親近感が増したぜ」

「水島君はどこにいるんです」

「心配するな。彼女は無事だよ」

「彼女を誘拐してどうするつもりですか」

「おい。勘違いしてもらっちゃ困るぜ。彼女を誘拐したのは、俺じゃない。俺はただ、彼女が無事だということを知っているだけだ」

「なぜ知っているのですか」

「どうでもいいことだ。それより、なぜ服部宗十郎の屋敷へ行こうとした」

「何のことですか」

「しらばっくれちゃいけない。あんたが服部宗十郎と関わりがあることは、先刻承知なんだ」

片瀬は否定も肯定もしなかった。

「水島静香が誘拐されたと聞いたとたんに、あんたは、服部宗十郎の屋敷へ飛んで行こうとした。里帰りするつもりだったなんてへたな嘘は通用しないぜ。なぜなんだ。なぜ、あんたは咄嗟《とっさ》に服部の屋敷へ行こうとしたんだ」

片瀬は無言だった。

「あんたは罠《わな》にはまって、決定的な間違いをしでかした。俺が言ったとおりに、三十分、部屋で待っていればよかったんだ。だが、あんたは待たなかった。いや、待てなかったんだ」

「そのとおり。僕は松永さんの罠にはまりました」

「あんたが、それだけ水島静香のことを想《おも》っているということだ。あんたは、水島静香以外のどんな餌《えさ》にもひっかからなかっただろう。だが、はたして水島静香のほうも、あんたのことを想ってくれているのかね。俺には疑わしい」

「あなたには関係のないことです」

「いろいろと気に障《さわ》ることをした詫びのしるしに教えてやろう。水島は、服部宗十郎の孫娘だ。そして、彼女は服部宗十郎の命令を受けて、あんたにぴたりとくっつき、監視していたんだ」

片瀬はまた口を閉ざした。

「言葉もないようだな。当然だろう。惚《ほ》れた相手が、自分の監視役だったなんてな。悪名高いCIAも真っ青だ」

片瀬は目を伏せ、大きく一呼吸した。

「知っていました」

松永が驚く番だった。

「何だって？」

「知っていたんです。水島君のことは」

「水島静香が服部のスパイだってことを知っていたというのか」

片瀬は苦しそうに頷いた。

「いったい、いつから……」

「水島君と知り合って、一年ほど経ったころ……約半年前のことです。僕は彼女から何もかも聞きました。彼女が服部宗十郎の孫娘であることも、服部宗十郎が僕の血筋を根絶やしにしようとしていることも、彼女が服部宗十郎に命じられて、僕の監視をしていることも……」

「水島静香が、あんたに話した……」

「そうです」

「どうして……」

松永は、質問を中断して何度も頷いた。

「そうかい。そういうことかい。あんたたちふたりは、そんなに惚れ合っちまったわけだ。監視する目的で水島静香はあんたに近づいた。あんたは何も知らずに水島静香と付き合っていた。そのうち、彼女も本気になってしまった。服部の秘密を打ち明けるなんぞは、それこそ生死に関わる冒険だ。それをあえてするほどに真剣になっちまったということだ。なんてこったい」

片瀬は黙って松永を見つめていた。その眼には、誰であろうと裏切ることが心苦しくなるような澄んだ輝きがあった。

「水島が誘拐されたと聞いて、あんたがあわてて服部の屋敷に行こうとした理由が呑み込めたよ。秘密をばらしたことが、服部に知られたと思ったんだな」

片瀬は頷いた。

「ひとりで服部の屋敷へ行ってどうするつもりだったんだ」

片瀬は俯《うつむ》いたまま、黙りこくっている。

「たったひとりで、服部家を敵にするつもりだったのか。無茶なやつだ。そいつは自殺行為だぜ」

「それでも、そうせずにはいられませんでした」

「ふん。とんだ英雄だよ。あんたの気持ちはよくわかった。水島静香の居場所を教えてやろう。……おっと、喜ぶのはまだ早い。それにゃひとつ条件がある。服部とあんたの関係を話してもらおうか。隠しごとなしに全部だ」

「世の中には知らずにいたほうがいいことがあります」

「聞いたふうなことを言うな。俺はな、何でも知るのが商売なんだよ」

「知らずにいたほうがあなたのためです」

「おとなをなめるなよ」

「服部をなめちゃいけません」

「水島静香の居場所は知りたくないのか」

「たぶん、あなたは、服部宗十郎に雇われて僕のことを調べ回っているのでしょう」

「いい読みだ。いつからそれに気づいていたんだ」

「成田空港で見かけたときから疑っていました。いろいろとあなたが探りを入れてくるので、それがはっきりしたんです」

「こっちの芝居もお見通しだったというわけか。あんたも見かけほど人は良くないな」

「お互いに芝居を黙って許し合っていればよかったんです。それを、あなたは次々と壊していった」

「なるほど……。俺が服部に雇われているということは認めよう。確かに俺はあんたのことをいろいろと服部宗十郎のもとに知らせた。あんたにとっては憎い存在だ。そうさ。憎んでくれて結構。あんたが惚れている水島静香の誘拐にこの俺がタッチしていることも確かだ。その憎い俺が、どんな目にあおうとあんたの知ったこっちゃないだろう。さあ、話してくれ」

「なぜそんなことが知りたいのですか」

「答は簡単明瞭《めいりょう》。金のためさ」

「金のために命を張るのは愚かなことです」

「貧しくとも平穏な人生か……。まっぴらだね。あんたと服部宗十郎の関係。こいつも金になる話なんでね。しかも、安全保障付きときている」

「どんな保障か知りませんが、服部の力のまえには無力です」

「つまらん議論はしたくない。あんただって一刻も早く水島静香の居場所を知りたいだろう」

「これだけ言っても……」

「水島の居場所は知りたくないようだな。しかたがない。話はご破算だ。服部宗十郎とあんたの関係はいずれ詳しく調べるとしよう。じゃあ俺は消えるぜ」

松永はドアへ向かおうとした。

「待ってください」

片瀬は静かに言った。

「わかりました。お話ししましょう。ただし、あとの責任は一切負いません」

「誰があんたに責任を押し付けたりするもんか」

片瀬は、最初の言葉を探すため、しばらく目を伏せて考え込んでいた。松永も無言で、片瀬の端整な顔を見つめていた。

「松永さんのことだから、僕が片瀬の養子になるまえの姓をご存知でしょう」

片瀬は語り始めた。

松永は頷く。

「知っている。服部というんだろう」

「そうです。服部……正確に言うと、『荒服部』といいます」

「アラハットリ?」

「荒振神の〝荒〟を頭につけるのです。服部の祖は、帰化豪族の秦一族です」

「それは知っている。服部半蔵もその一門だな」

「長い歴史を経るうちに、服部家も多くに枝分かれしていきました。服部姓は名乗っていても、秦氏を祖とする服部とは関係のないものも多い。いや、現在では、そのほうが圧倒的多数を占めているでしょう。服部宗十郎や僕の家は、秦氏の血を濃く受け継ぐ家柄です。そのなかでも、僕の家だけが特別に、荒服部と呼ばれていました。荒振神の〝荒〟は、他に比類のない大きな力を意味します。また、和魂《にぎみたま》に対しての荒魂は戦闘的、活動的な神霊を意味しています。つまり、荒服部というのは、比類ない武力を持った服部の一門といった意味です。荒服部は、秦一族の特別な力を正統に受け継いだ唯一の服部だったのです。そして、その特別な力というのは、僕が披露したあの武術を中心とした、ありとあらゆる謀略に役立つ体術です」

「俺の仮説も捨てたもんじゃなさそうだ。あんたの説明は、俺の調べたこととぴたりと一致する。秦一族は、機織と同時に、その技を買われて、雄略天皇に召集された」

「そのとおりです。そして力を蓄えた秦一族は天皇に対し、いろいろな形で尽くしました。蘇我《そが》、物部《もののべ》などの氏族政治と言われた時代から、秦氏は天皇家にぴったりと寄りそい、権力闘争に参加せず、皇室のために働き続けました。秦氏は皇室にとってなくてはならない存在となっていきました」

「それを決定的にしたのが、長岡京の誘致ということか」

「確かにそれは、秦氏と天皇家間の一大イベントでした。それを機に、秦氏は絶大な権力と役割を約束されることになります。役割というのは一言で言えば、末代にわたって皇室の牙《きば》となることです」

「皇室の牙？」

「皇室の性格も、平城京をかまえるあたりから征服王朝時代とは変化を余儀なくされてゆきます。武力からまつりごとへ主力が移ってゆくわけです。皇室は側近の氏族のなかから卓越した武力を持った一族を選び、後ろ楯としたのです。これは、単なる軍隊とは全く性格の違うものでした。少数精鋭の謀略部隊。それが秦氏一族でした。そうして、秦氏は歴史の陰へ姿を隠しました。皇室に準ずると言われている権力は、実務上の政治的権限をすべて投げ捨て、陰にひそむことを強いられたことに対する代償と考えていいでしょう」

「なるほど、帝都を開き、皇室に多大な財産を残した秦一族だ。しかも永遠に陰に回ってつらい仕事を引き受けなくちゃならなくなった。それくらいの代償はあって当然かもしれないな」

「その役割と権力は、荒服部が代々受け継ぐべきものでした。しかし、荒服部にごく近い傍系のひとりが血族内のクーデターを起こしたのです。史実には、伊賀服部の三代目、服部半蔵の十三代まえに、服部家が上服部、中服部、下服部の三つに分裂したとだけ記されています。クーデターを起こした服部家は、荒服部に代わり皇室から与えられた権力をわがものにしようとしたのです。その服部家は、荒服部にとって代わることに成功しました。それが服部宗十郎に続く家柄です。服部と荒服部の戦いはそうして始まりました」

「待ってくれ。荒服部は、その独特の能力を天皇に買われたわけだろう。お家騒動があろうがどうしようが、荒服部以外はその役割を担えないんじゃないのか」

「歴史上、常に起こる事実の形骸《けいがい》化です」

片瀬は淡々と語った。

「服部家の反乱が起きたのは、秦一族が天皇の特別私設部隊の任についてから二百年以上も経ってからのことです。二百年の月日は、物事の本質を忘れさせるのに充分でした。

そのころには、荒服部の特別な戦闘能力より、血統を証明する物的証拠が皇室においても服部一族においても重要視されていたのです」

「物的証拠ね……。そいつの奪い合いが、今でも続いているんだな。信じがたい話だが、服部宗十郎があわてている理由は、そいつで呑み込める。その物的証拠とやらが、彼の手にないということなんだな」

「彼らは、荒服部の根絶を第一義としてきました。クーデターを起こしたときからの宿命です。自分たちが、秦氏の血統を継ぐに値する家柄でいるためには、荒服部の血統は存在してはならないのです」

「物的証拠とはどんなものだ」

「長岡京を開いたときに、桓武天皇が秦一族に与えた宝剣です。秦一族が山城国葛野《かどの》に居を構えたところから、葛野連《かどののむらじ》の宝剣と呼ばれています」

「それはあんたが持っているのか」

「そう思っていただいて結構です」

「でも、おかしいな。荒服部は無敵の血筋なはずだ。どうして服部の反乱に屈してしまったんだ」

「荒服部は、もともと権力闘争には無関心でした。もし、荒服部と服部反乱軍が戦っていたら、荒服部の勝利に終わったかもしれません。しかし荒服部は戦わなかった。荒服部には、権力よりも大切なものがあったのです。西域から中国、朝鮮半島を流れ歩いた少数民族、秦一族の血です。彼らにとって、血はかけがえのない宝でした。荒服部の信仰も、その血に対するものです」

「信仰の対象……？　いったいどんな血筋なんだ」

「僕たちは、その秦一族の血脈を一族の名としていただいています」

「荒服部……」

松永は、あることに気づいて苦笑した。

「まさか、そんなばかな……」

「どうやらおわかりのようですね。アルハットですよ。荒服部は、アルハットの音を写したものです。ハットリの音は服部《ハトリベ》から出たと言われています。それは確かなことです。しかし、荒服部の名は、全く別のところから取られ、後に混同され字をあてられたものなのです。『比類ない武力を持った服部』というのも後の世の解釈です」

「アルハット……つまり羅漢か。それであんたは羅漢に興味を示したわけだ」

「僕はアルハットが単に宗教上の用語でなく、もともとは実際に古代インドに生きていた一族の名だということを知っていました。なぜなら、秦氏そして、僕たち荒服部の一族はアルハットの末裔だからです」

「あんたは、インドに、同じくアルハットの末裔がいるのではないかと考え探し続けた。

そして、発見したというんだな」

「バクワン・タゴールは、確かに僕ら荒服部と同じ祖先から発した一族の生まれです。血が呼び合うというのでしょうか。彼を発見したのが、偶然ではなく必然だという気がしました」

「その手がかりが『釈迦の拳法』だったというわけか。嘘っぱちのように聞こえるが、俺は信じるぜ。俺が調べて考えたことが、今の説明ですべてすっきりするからな」

「話はこれですべてです」

「細々と血を伝えるだけの荒服部と、政治的権力と組織力を動員した服部の戦いか……。これまで血が絶えなかっただけでも不思議なくらいだ。はなっから勝ち目はない。荒服部の戦闘能力をもってして初めて血を伝えることができたということか……」

片瀬はそれには答えず、言った。

「水島君の居場所を教えてください」

「まあ、そうあせるな。もうひとつだけ答えてくれ」

片瀬は黙って松永を見つめた。

「たいしたことじゃない。あんたは、成田空港ですでに俺に気づいていたと言ったな。服部を常に気にしているからには、自分を尾行する男に気づいても不思議はない。あんたは、まんまと俺をまいちまった。問題はそこのところだ。あんとき、どうやって姿をくらましたんだ?」

「ドアが開いたところで、僕は立ち止まり、振り返りました」

「俺はそこで目をそらした」

「そこから僕は、外へ出ずに、ターミナル内へもどって身を隠しました。あなたは、当然僕が外へ行ったものと勘違いし、あわてて出入口からターミナルの外へ飛び出して行った。僕は別の出入口まで行き、あなたが再びターミナルビル内へ入って来るのを待ちました。そして、あなたがもとの出入口からもどって来るのを確かめ、もうひとつの出入口から外へ出たわけです」

「俺も尾行には多少の自信があったんだがな。見事にしてやられたな」

「荒服部にとってはたやすいことです」

初めて片瀬が松永にかすかな笑顔を見せた。

松永は不愉快げに顔をゆがめた。

「わかったよ。あんたには勝てない」

松永は片瀬の眼を睨みつけた。

「これで、俺はあんたの秘密をすべて知ってしまったわけだ。今度はその宝剣とやらのありかを探さなきゃならない。今のうちに、俺をどうにかしちまったほうがいいんじゃないのか」

片瀬はわずかに肩をすくめた。

「そんなことはどうでもいいことなのです。今の僕の願いは、水島君を今の苦しみから救ってやることだけです」

「あんたの力をもってすれば、この俺をねじふせてしまうことも簡単だろう。なのにあんたは、すべてを話すほうを選んだ。俺はまたあんたと一戦交えるくらいの覚悟はしてきたんだ」

「僕はあなたの罠に落ちました。僕の負けなのです。僕がしゃべらなくても、いずれあなたはきょうのようなことを繰り返して、真相を知ろうとしたでしょう」

「これ以上、付きまとわれるのはごめんだと言いたいのか」

「それともうひとつ。僕はこの手で調べたことも含めて、荒服部の歴史を誰かに伝えておきたかったのです」

「なに……」

松永は片瀬を見つめた。片瀬は俯いたまま松永と視線を合わせようとしなかった。

「それは、どういう意味だ」

松永は、追いつめられた者の覚悟を感じ取っていた。何を意図しているか片瀬は答えなかった。

片瀬は顔を上げた。

「さあ、僕は話すべきことは話しました。約束です」

松永は両手を上げて片瀬の言葉を制した。

「心配するな。約束は守る。水島静香の居場所を教えよう」

17

ホテル・ニューオータニ・タワーの三十階。廊下には、ひとつのドアをはさんでふたりの男が不動の姿勢で立っていた。

ふたりとも規格品のように似かよった体格をしている。身長は約百八十センチメートル。胸が厚く、大腿《だいたい》の筋肉も発達していた。

エレベーターを降りた片瀬は、絨緞《じゅうたん》を踏みしめながら、男たちに近づいて行った。手前の側に立っていた男が、ゆっくりと歩み出た。片瀬は立ち止まった。男が前途をさえぎっている。

「ここから先は――」

男が静かに言った。

「通行を遠慮していただきます」

言葉は丁寧だが高圧的だった。

「用があるんです」

片瀬は男を見上げた。

「どんなご用でしょうか。ここから先にお泊まりのかたはいらっしゃらないはずですが」

片瀬は前方をすかし見た。

「すいません。階を間違えたようだ」

片瀬は踵《きびす》を返した。

男に背を向けると同時に、片瀬は左足の踵《かかと》を鋭く振り上げた。

踵は、正確に水月のツボ——鳩尾《みぞおち》の急所をついた。

不意をつかれた男は、うめいて体を折った。片瀬の右手親指が、男の首筋へ飛んだ。

男は、一度激しく身を起こすと、宙をうつろに見つめ、床に崩れ落ちた。

もうひとりの男が、無言で前蹴りを放った。片瀬は掌底《しょうてい》で受けた。

男は蹴った足を床に降ろして、驚きの表情を見せた。足にまったく力が入らない。バランスを崩して、男は片膝《かたひざ》をついた。

音もなく片瀬は歩を進めた。

左手の親指と中指が相手のこめかみをとらえる。同時に、右手が首筋にあてがわれた。

片瀬の口から、鋭い呼気の音が洩《も》れた。

男はあっけなく倒れた。

片瀬は周囲を見回してから、ドアをノックした。

「水島君。開けるんだ。僕だ、片瀬だ」

ややあって解錠の音が響く。

「片瀬さん……」

「早く。誰も来ないうちに……」

ドアから飛び出した水島静香は、片瀬の胸にしがみついた。

片瀬は腕に力を込めた。

「さ、急ごう」

片瀬は静香の体を引き離して言った。

ふたりはエレベーターへ走った。


向かいの部屋のドアが開いた。

陣内平吉が下ってゆくエレベーターのランプを見つめている。

溜息をつくと彼は、床に倒れているふたりの格闘技専門家を眺めやった。

眠たげな眼に、何の表情の変化もみせず、彼は、八十キロはあるふたりの男を部屋に引き入れる重労働に取りかかった。

「手伝おうか」

笑いを含んだ声がして、陣内は振り返った。

ポケットに両手をつっ込んだ松永が立っていた。

意識を取りもどしたふたりの男は、しきりに首筋をさすったり、頭を大きく回したりしていた。

陣内は松永に向かって言った。

「私たちは、あなたの言うとおりに水島静香を誘拐するという暴挙をやってのけました」

「俺は提案しただけだ」

「あなたが仕事を済ませるまで、身柄を拘束するだけでいい。あなたはそう言ったはずですね」

「ああ」

「片瀬直人がここに乗り込んで来るとは言わなかった」

「成り行きでそうなったんだ」

「こういう危険は二度とごめんです」

「あんたたちのボディーガードが頼りなさ過ぎるんじゃないのか。ふたりがやられるまで、三秒とかからなかった」

「そんなことを言ってるんじゃない。我々が動き回ってることが、彼に知られるとまずいと言ってるんだ」

「心配ない。片瀬はおたくらのことは何も知っちゃいない。ここへ来たときも、正体を知られるようなことは何もなかったんだろう。それより、片瀬直人がどれほどの男かを実際に見ることができたんだ。かえってよかったじゃないか」

「まあ、きょうのところは、そういうことにしておきましょう……。で、そちらの首尾は？」

「自分で言い出した計画だ。おたくらに苦労をかけた分だけのことは、やれたと思うがね」

「さっそく話を聞かせてもらいましょう」

「あんたのボスを呼びな」

「私に話しても同じことです。室長があまり出歩くと、妙に勘ぐるやつらがいましてね……」

「下条を呼べ。俺はいつもボスとしか話をしない」

陣内は半眼のまま肩をすくめた。

「しかたがないな。それがあなたのルールだというのなら」

彼は受話器を上げ、自分の体で松永の視線をさえぎりながらダイヤルを回し始めた。

下条は、松永の話を聞き終えてからもしばらく無言でいた。彼は陣内の顔をうかがった。頼りになる部下は、いつものように眠たげな眼をしている。

松永はじっと下条の出かたを待っていた。

下条は松永の話にどう対処すべきか迷っていた。話の内容が、あまりに通常の報告とかけはなれている。

「話はわかりました」

下条はようやく口を開いた。

「だが、片瀬直人が言ったことが、どの程度の信憑性《しんぴょうせい》があるのか、私には疑わしい」

松永は唇をゆがめた。

「信じるかどうかは、あんたの勝手だ。だが俺はすべて事実だと思っている。裏付けはいくらでもある。まず、片瀬の話は史実にそっている。なんなら、俺がかき集めた資料やメモのコピーを渡してもいい。そして、片瀬の人間ばなれした強さだ。それについちゃ、そこにいるだんなが目撃しているとおりだ」

「なるほど……。片瀬直人というたったひとりの学生が、服部宗十郎ほどの人物をおびやかしていることも説明がつく……」

「片瀬がなぜひとりで生活しているかという理由もわかる。あいつの肉親は、服部との戦いで消されていったんだ。片瀬は、自分を育ててくれた片瀬家の人間にその禍《わざわ》いがおよぶのをおそれた。それで、無理矢理に片瀬の家から離れたというわけだ。けなげなこった」

「あなたは我々の要求した仕事をやりとげてくれました」

下条は普段の冷徹な眼差しを取りもどして松永を見すえた。

「約束どおり、金をお払いしましょう。三百万はあなたの口座に振り込ませていただきます」

松永はうす笑いを浮かべた。

下条が抜けめない表情を見せた。

「ところで、その秦氏の宝剣ですが……」

「ああ……」

「確かに片瀬直人が持っているのでしょうね」

「さあね」

「どういうことですか、さあね、とは」

「確かに宝剣は片瀬のものだ。しかし、そいつが今も片瀬の手のなかにあるかどうかは疑問だ」

「彼が持っていない可能性もあると……」

「賭《か》けるんだったら、俺はあいつが持っていないほうに賭けるね。いくら脳天気なやつだって、何の手も打たずに大切な秘密をべらべらしゃべったりしないだろう。しかも片瀬はそうとうに頭が切れる」

「どこかに隠していると言われるのですか」

松永は頷いた。

「あいつは妙に自信たっぷりだった。見つけ出せるものなら見つけてみろと言わんばかりだった。絶対に何かの手を打っていると俺は思うね」

「どこだと思います」

「そいつを調べろとは言われなかったぜ。片瀬の部屋の家探しでも何でもやればいいだろう」

「むろん、家探しはやるつもりでおります。それも早急にね」

「ふん。あんたたちみたいな人種をやしなっていると思うと、税金を払うのがいやになってくるね」

「ひとつだけ、どうしてもひっかかっていることがありましてね。ご意見をうかがえればありがたいのですが」

「何だい」

「服部宗十郎が政治の世界に手を伸ばし始めたいきさつです。彼は、戦後になって、突然、歴史の陰から政界に姿を現しました。そして、今回、急にあわただしく動き始めたのはなぜかということ……。いかがです」

「いくつかの要素を重ね合わせれば、答は出てくると思うがね……」

「ほう……」

「鍵《かぎ》はやはり宝剣だ。服部宗十郎が沈黙を守っていたのは服部家安泰の証《あかし》をやつが持っていたからだ……。いや、持っていると信じていたと言ったほうが正確だろう。そいつはほかでもない例の宝剣さ。ところが、そいつが他の者の手に、つまり荒服部の手に渡ったか、あるいは、服部宗十郎の手許《てもと》にある宝剣が贋物《にせもの》であると気づいたらどうだい」

「なるほど。それが公にされないうちに、少しでも多くの実権を握っておこうとする……。それで政治的権力を次々と手中におさめるべくにわかに活動を開始したと……」

「服部宗十郎の持つ宝剣が贋物だったという可能性のほうが大きいな。戦後になると、それまでタブーだった皇室関係の資料が公にされ始めた。もし、服部宗十郎が持つ宝剣が贋物だったとしたら、それに気づくのは、戦後のそんな時期のこったろう」

「頷けますね……。今回のことはどう説明できます？」

「宝剣が贋物であることを知った服部宗十郎は、荒服部の生き残りがいることを確信した。そして、その生き残りを発見するまでに三十年以上の歳月が必要だったということだろうな。そして、もうひとつ、こいつが重要なポイントだ」

「何でしょう？」

「老いぼれた服部宗十郎が自分の死期を悟ったのさ。自分の目の黒いうちに服部家安泰の証を手に入れなければならないと、彼はかたくなに思い込んだというわけだ」

「さすがですね。あなたの言われたことは、私の推論とぴったり一致します。私もそう考えていたのですよ」

「やつの屋敷は、死神を待つ人間の臭《にお》いがした」

下条は、深く二度三度と頷いた。

「さて、これで謎解きの時間は終わりだ。もう用はないな」

「ご苦労さまでした……と申しておきましょう」

「これであんたたちとは永遠におさらばできるんだろうな」

「これ以上、何の問題も起きないことを、私たちも願っています」

18

内調の下請けエージェントたちの捜索は徹底したものだった。

片瀬の部屋はベッドの下や本棚の裏はもちろん、トイレの水槽から、電話機のなかまでつぶさに調べられた。彼らは手際よくきっかり三十分作業を続け、手がかりをつかめぬまま部屋から退散した。

日が沈んで片瀬は帰宅した。

鍵があいているのを不審に思い、彼は慎重に足を踏み入れた。部屋は無人だったが朝と様子が違っていた。

本棚から数冊の本が床に落ち、ベッドは乱れている。机の引出しは開けっ放しになっており、押し入れの戸も半開きになっていた。

片瀬は机の最上段の引出しにある貯金通帳の類を確認した。

片瀬はベッドに腰を降ろして、もう一度部屋を見わたした。

彼は俯き、わずかに微笑を浮かべた。


「無事にもどって来て何よりでした」

服部義貞は親しげにほほえんだ。帝国ホテルの一室で彼は、水島太一と向かい合っていた。

「夕子から知らせを聞いたときは、本当に驚きました。しかし、何事もなく、静香はその日のうちに帰って来た」

「きょうは、そのことでやってきた。時間がないので単刀直入に言おう。いったい静香に何が起こっているのかね」

「何のことでしょうか」

「服部の血を引いていない私が、服部のことに口出しをしてはいけないのは充分に承知しておる。大先生《おお》のおかげで、今の地位に就けたことを、私は何より感謝している。そのうえでここへやってきたのだ」

「それで……?」

「今回の事件は、ただの営利誘拐でないことは誰にでもわかる。妻が受けた犯人の電話の内容はこうだ。『お嬢さんを一時おあずかりする。身体の無事は保障する。一切誰にも知らせるな』。金銭的な要求は一切なかった。相手の要求はただひとつ。誰にも知らせずおとなしくしていることだけだった。静香が何事かに巻き込まれているのは知っておる。それは政治的なことではないかと私は考えておる。そして、何よりも服部家に関することだろう。私は娘の身が心配だ。そして、娘の身に何が起きているのかを、知ることもできずにいる自分の無力さに腹が立つ。頼む。このとおりだ。静香が何をやっているのか教えてくれ」

義貞はしばらく無言でいた。

「今回のことについては」

彼は静かに口を開いた。

「私のほうからも尋ねたい。誰が静香を監禁していたのか心当たりはないのですか」

「私にあるわけがなかろう。君たちこそ、犯人を知っているのではないかね」

「とんでもありません。夕子から電話で話を聞いたとき、私は本当に驚き面食らいました。静香から詳しく話は聞いていないのですか」

「静香は口を閉ざしたきりだ。何があったのか、と尋ねても、わからないと繰り返すだけだ」

「白昼堂々と、しかも何の騒ぎも起こさずに誘拐をやってのけた連中です。私は組織だった人間たちだと思いますね。あなたは政治的問題かもしれないと言われた。私もそんな気がしますね」

「政治的なことだと言ったのには根拠がある」

「ほう……」

「これは他言は一切無用だが……」

義貞は大きく頷いた。

「誘拐事件のあった日、私は総理から耳打ちされたのだ。静香に何が起こっても決して騒ぎ立ててはならない、とな」

眼鏡の奥で義貞の眼が光った。

「首相が……」

「総理までがからんでいる。これはただごとではない。いったい服部家の人々は静香に何をやらせようとしているのか。私は知りたい。知らずにいられんのだ」

「はっきり言っておきます。今回の誘拐事件については、我々服部家は一切タッチしていない。そして、静香は服部家存続のために大切な役割をになっている。あなたがお知りになれるのはそこまでです」

「服部家存続のために……」

「それ以上のことは一言たりとも話すことはできません。あなたも知らずにいたほうがいい。今の地位を大切に思うのなら」

「静香の身に危険はないのか」

「静香は私の姪《めい》。そして大先生にとっては大切な孫。どうして私たちが静香を危険なめにあわせることができましょう」

「その言葉を信じさせてもらっていいのだな」

「当然です」

水島太一は深く溜息をついた。

「どうやら、これ以上のことを尋ねても無駄のようだ。失礼しよう」

水島太一が立ち上がると、服部義貞も腰を上げた。

水島が廊下へ出てドアを閉じると、続き部屋から服部忠明が音を立てぬ足取りで姿を現した。

義貞は忠明を振り返らぬまま声をかけた。

「聞いたか」

忠明は無言で頷いた。

「静香の誘拐を首相が知っていた。これはどういうことなんだ」

義貞は眉を寄せ、視線を宙にさまよわせた。

「静香を誘拐したのは明らかにプロフェッショナルだ。その連中は、首相に通じている。となると、敵は限られてくる。これは、単なる派閥間抗争以上の問題だな……。政府のなかに明らかに我々服部家に敵対しようとしている連中がいる。信じがたいことだがな」

義貞は振り向いて忠明の顔を見つめた。忠明の眼はただ冷たく底光りするばかりだった。

「しかし……。だとしたら、その連中は相当なところまで服部家の事情に通じていると考えておいたほうがいい。これは、うかつに駒を進められなくなった」

彼は電話に歩み寄り、受話器を上げた。


「いつもながら、急な呼び出しだな」

松永はドアの脇の壁に、もたれかかっていた。義貞はソファでくつろぎ、忠明がそのうしろに立っている。

「それだけの報酬は、支払います。文句はないでしょう」

松永は片方の眉をつり上げて見せた。

「水島静香についてはもう調査済みでしょうね」

「大蔵大臣水島太一の娘、片瀬直人と同じ学科だ」

「知っているのはそれだけではないでしょう。あなたのことだ」

「あんたの姪。つまり、服部宗十郎の孫娘だ。片瀬直人の監視役としてあんたたちが利用している。あんたも人が悪い。はなっから教えてくれれば手間がはぶけたんだ」

「利用というのは言葉が悪いが、まあ、そういったところです。その水島静香が、誘拐事件にあいました」

「ほう……」

「大事には至らず、静香はその日のうちに無事帰って来ました。しかし、この事件の持つ意味は大きい」

「そうかい。あの年頃の娘は危険が多い。ましてや、彼女は別嬪《べっぴん》だからな。俺だってさらってみたくなる」

「私たちは、今回の事件を服部家に敵対する者のしわざと見ています。今後、いっそう慎重に振る舞わねばならなくなったということです」

「どうしてそう思うんだ。彼女に横恋慕する男が思いあまってやったことだとは思わないのかい」

「彼女をさらったのは、明らかにプロフェッショナルです。手際のよさ、彼女に対する扱いなどからそれがわかります」

「いったい、どこのばかがあんたたちに逆らおうとしてると言うんだい」

「それをあなたにうかがおうと思いましてね」

「俺に？」

松永は鼻で笑い飛ばした。

「とんだ見当違いだ」

「そうでしょうか」

義貞は、細巻の葉巻をくわえ、松永にもすすめた。松永は片手を上げて断わった。

「私たちは、最初からあなたについては多少気をもんでいました。使いかたを間違えると面倒なことになる、とね。あなたは、片瀬から次々といろいろなことを聞き出してくれた。今回のことも、あなたは何かを知っているはずだと考えているのですがね」

「買いかぶりだ。どう思おうとそっちの勝手だが、俺は言われたとおりに仕事をしているだけだ」

「宝剣のありか」

義貞は煙とともにその言葉を吐き出した。

「こう言えば、何のことかおわかりになるんじゃないですか」

「かまをかけたって無駄さ。宝剣だと？　俺にゃ何のことだかわからない」

「そうですか……」

「それ以上、変なことをしゃべらんでくれ。そっちの藪蛇《やぶへび》になるのは勝手だが、俺は余計なことまで知って命を縮めるのはごめんだからな」

「賢明なお考えです」

「あんたたちが、誘拐犯人について俺が何か知っているなどと言ったのは当てずっぽうだ。何の根拠もないんだろう。そして、そのあては見事にはずれた。残念だったな」

義貞は半分も吸っていないシガリロを灰皿に押しつけると、笑いを浮かべた。

「あなたは一筋縄ではいかない。見込んだ通りの人です。おっしゃるとおり、私たちにはあなたが犯人と関係があるという確証は何ひとつない」

「確証などあるわけがない。俺は何の関係もないんだからな」

「その言葉を一応信じることにしましょう。さて、あなたに依頼した仕事ですが、きょうをもって終了ということにしたい」

「ありがたいね。五百万ぽっちで、いつまでも奴隷あつかいじゃたまらんからな」

「言うまでもないことと思いますが、服部家や片瀬直人のことは、きれいに忘れていただきたい。なるべく片瀬直人には近づかないようにするのがあなたのためだと思いますよ」

「ご忠告は感謝するがね」

松永は、鋭く義貞を見すえた。

「きょうで仕事が終わるということは、もうあんたたちの言いなりになる必要はないということだ。どこで俺が何をしようと、あんたたちにとやかく言われる筋合いはないね」

「私は、あなたのためを思って言っているのです」

「ほう……。そんな涼しい顔をして、俺みたいなネズミの一匹や二匹、殺すのは造作もないというわけか」

「はっきり言っておきます。場合によってはそれもやむを得ないでしょう」

「そういう脅しは好きじゃないんだがな」

「脅しで済めばいいのですが」

松永は相手の眼にすえていた視線を落とし、ひとつ大きな溜息をついた。

「わかったよ。心配するな。誰が好きこのんで毒蛇の穴に足を突っ込むもんか」

「その言葉を忘れないでいただきたい」

「これ以上は、もう一言も片瀬についてしゃべらなくていいんだな」

「もう必要な情報は、あなたから充分にいただきました」

「じゃあ長居は無用だ。失礼させてもらうぜ」

義貞は頷いた。

松永は油断ない目つきで、ふたりを一瞥《いちべつ》すると、ドアの外に消えた。

閉じたドアをしばらく見つめた後に、義貞は言った。

「何を嗅《か》ぎつけおったのか……。妙に自信ありげだ」

19

キャンパスの緑は勢いを失い、新しい季節の装いを始めようとしている。木々の枝は残照に揺れていた。石畳に長い影を落としながら、学生たちがそぞろ歩いている。

木陰のベンチのふたりは、秋の夕日を眺めながら愛を語らう恋人のように見えた。

柔らかな風が静香の長い髪をすいていった。

「私はもうどうしていいかわからないわ」

彼女の表情は固かった。

「運命を呪《のろ》いながら生きる生活に、私は耐えてきた。でも、これ以上は無理だわ」

「これまでどおりにしていればいい。君の身には、もう何も起こらないだろう」

「事情は変わったのよ。おじいさまたちは、あなたが自分の血の秘密を知っていることをつかんだわ。宝剣をあなたが持っているという確証を得たのよ。調査は終わり、戦いが始まるのよ。あなたの命が危険にさらされるかもしれない」

「恐《こわ》いのかい」

「ええ、恐いわ。でも恐くても平気よ」

彼女は声を落とした。

「片瀬さんといっしょにいられるなら」

片瀬は無表情に、自分の指を見つめていた。

「でも、もうじき私は片瀬さんから引き離されてしまう。私が何もかもしゃべってしまったことも、知られてしまうかもしれないわ。そうしたら、もう二度と会えなくなってしまうかもしれない……。私はそれがいちばん恐いわ」

「何も心配することはないんだ」

片瀬は同じ姿勢のまま呟《つぶや》いた。

静香は訴えかけるような眼《め》を片瀬の横顔からそらした。

ためらいの沈黙を経て、静香は俯《うつむ》いたまま小声で言った。

「初めて会ったときのことを覚えているかしら」

片瀬は自分の手許《てもと》を見つめたまま何も言わない。

「ガイダンスの日、教室の外で……。私にはすぐわかったわ。この人が片瀬直人――これから私が監視していく人……。今思えば、あの日から私は迷い始めていたんだわ。あの日、あの瞬間から、私は、あなたにひかれていくことをはっきりと自覚していたのよ」

片瀬は、わずかに顔を静香のほうに向けた。

「初めて会ったときから、好きになることがわかっていたのよ」

静香の、髪の間に見えかくれする耳が赤く染まっているのを片瀬は見た。彼は小さくほほえんだ。

「僕も同じだった」

あたたかな沈黙がふたりを包んだ。

静香は涙ぐんでいるように片瀬には見えた。

「初めてね――」

「そんなことを言ってくれたのは……」

静香は顔を上げた。

「いつだってそう思っていたさ」

静香はその一言で、一時なりともすべての苦しみを忘れることができた。彼女は片瀬の言葉に包まれ、深い幸福感を味わった。

ふたりの固い心の結び付きには、どんな小さな疑いであれ入り込む隙間《すきま》などなかった。

片瀬が発する一言ひとことが、静香の世界の色彩を変えてしまうほどに重要な意味を持っていた。

静香は決心した。

――この人といっしょに生きるために戦おう。そのために、何を捨て去ってもかまわない。もし私が幸せを見つけられるとしたら、それはこの人のなかにしかないのだから――と。

「私、あなたといっしょに行くわ。どんなところへでも。どんなことが起きても」

片瀬は問い返そうとはしなかった。

彼は一度遠くを見るように目を上げてから話し出した。

「前から考えていたことがあるんだ」

静香は片瀬の横顔を見つめた。

「考えていたこと?」

「戦いは避けられないかもしれない。でも、避けられる限り避けたいと……。もし、君さえ覚悟してくれれば……」

「なあに?」

片瀬は声を一段と低くして語り始めた。静香の体は、話を聞くうちに次第にこわばっていった。やがて彼女は、片瀬を見つめて深く頷《うなず》いた。

松永が月極《つきぎ》めで利用している駐車場の、シルビアの脇に陣内が立っていた。松永は車のドアに鍵《かぎ》を差し込みかけて手を止めた。

「もう用はないはずだろ」

陣内は暗がりのなかで、かすかにほほえんでいる。

「例のものは、片瀬直人の部屋にはありませんでした。彼は、それを持ち歩いている様子もない」

「へえ、そうかい。俺にゃ関係ない」

「そうでしょうか？」

「何が言いたいんだ」

「あなたは抜け目のないかただ」

「あんたにほめられても、嬉《うれ》しかないな」

「まさか、私たちや服部家を出し抜いて例のものを手に入れようとしているのではないでしょうね」

「そんなことをして何になる」

「あなたにとって金のなる木となるでしょうね。私たちも服部家も、おそらくあなたの言いなりに金を出すでしょう」

「俺を虫けらのように殺しておいて、ただで手に入れるという手もある。苦労して探し出しておいて、殺されるんじゃ合わないよ」

「抜かりなく手を打てば、その心配もないでしょう」

「俺に探し出せと言ってるように聞こえるぜ。もし、俺がすでに見つけ出しているとしたらどうする」

「私たちのやりかたは、心得ておいでかと思いましたがね。古典的だが、効果はある」

松永は、背後に気配を感じた。

男はふたり。闇《やみ》のなかで目立たない地味なスーツを身につけている。ももにゆったりとした幅をとったズボンが、格闘技専門家であることを物語っていた。

松永は振り返って闇をすかし見た。

「どうやら」

声は笑いを含んでいる。

「片瀬にやられたふたり組らしいな」

「あれは相手が悪かった」

陣内はのんびりとした口調で言った。

「このふたりは、手ごわいプロフェッショナルなんですよ」

「なるほど古典的なやりかただ」

松永は奥歯をかみしめた。

「そして、俺のいちばん嫌いなやりかただ」

陣内はかすかに目配せをした。

ふたりの男は両脇《わき》から松永の腕を取った。ふたりが触れた瞬間に、松永は腕を水平に前に振った。そのまま、右の肘《ひじ》を鋭く後方に突き出す。

猿臂《えんぴ》は、ひとりの水月に深く突き立った。

すかさず、裏拳《けん》で顔面を強打する。ひとりがひるんだ隙をついて、小回りに腰を切って、左側の男に膝《ひざ》を利かしたショートレンジの回し蹴《げ》りを放った。あばらに靴のつま先を叩《たた》き込むつもりだった。

回し蹴りは敵のディフェンスにはじかれた。連続技で、松永は左の裏拳、右のフックを顔面に飛ばした。

フックが敵の顎《あご》をとらえた。とどめの前蹴りを出そうとしたとき、最初に倒した男の動作が視界に入った。

前蹴りを中断して、振り向きざまに高い回し蹴りを放った。敵のダメージを計算に入れた大技だった。

この攻撃は失敗だった。徹底して目立たぬ小技で攻めまくるというのが、実戦の鉄則だ。敵の回復力を読み違えたのだ。

相手は飛び込んできてワン・ツーを打ち込んだ。間合いをはずされたため、松永のもが敵の二の腕に当たった。何の効果もない蹴りとなった。

顔面と胸を強打された松永は、すっと腰から力が抜けるのを感じた。

敵は松永より十キロは体重が上だ。ナックル・ファイティングではハンディーが大き過ぎる。松永は辛うじて踏みこたえると、体重を後方に移して、左足の踵《かかと》を浮かせた。拳《こぶし》を開き、指をやや内側に曲げる。

敵が半歩踏み出す。松永は狙《ねら》いをすまして左足を素早く振り上げた。ぐにゃりとした感触をとらえる。

敵は、鋭く息を呑《の》み股間《こかん》を押さえ、膝を折った。

松永の指は鞭《むち》のようにその目を襲った。競技空手の禁じ手こそ本来最も有効で強力な空手の技だ。

ひとりは完全に無力となった。

敵がひとりになったところで、油断が生じた。

残った男は一瞬のチャンスを見逃さなかった。

目にもとまらぬ前蹴りが、松永の鳩尾《みぞおち》を襲った。胃のなかで爆発が起こった。熱い固まりが逆流する。

松永は、胃の内容物を駐車場に吐き出した。

敵は松永が顔を上げるのを待っていた。

目の奥がまばゆく光り、次の瞬間地面がせり上がってきた。鼻の奥がキナ臭くなる。

敵の顔面へのストレートは正確だった。

頭を振って星を追い払おうとした。

しかし、正気に戻るより次の打撃のほうが早かった。

松永はのけぞり、シルビアに背を打ちつけた。膝に力が入らない。そのまま地面に崩れ落ちる。五体の感覚が現実味を欠いていた。

「連れていけ」

陣内の声が遠くで聞こえた。

松永が次に陣内の声を聞いたのは夢のなかだった。

彼はそう思った。彼の意識は、夢と現実の間をさまよっていた。泥酔したように理性は漂い、心地よく眠かった。

夢のなかで彼は、陣内の質問に答えていた。一言しゃべるのにたいへんな体力を使い、苦痛だった。

何を話しているのかは意識のなかにはなかった。

彼は話すことの苦痛に耐えられなくなった。松永の意識は再び真っ暗な闇のなかに沈んでいった。

「あてが外れました」

陣内は肩をすくめて言った。

「松永は、何もつかんでいないようです」

下条は立ち上がり、デスクの後方にある窓から外を眺めた。明るい日差しに目を細めたが、その眼《め》には景色は映っていなかった。

「服部宗十郎に先を越されてはならない。何としても宝剣は我々が先に手に入れなければならないのだ」

「わかっております」

「片瀬のアパートにはなかった……。やはり、片瀬直人をマークするしか手がないようだな」

陣内は、軽く頷き返した。

「松永が宝剣のありかを知らんというのは確かなのか」

「クスリを使いましたからね。間違いないでしょう。彼は我々に報告した以上のことは何も知りませんね」

「思ったより正直な男だったということだ」

「さあ……。それはどうでしょうね」

「絶対に服部宗十郎に先を越されるな。何をしてもかまわん。責任は私が取る。何としても、宝剣を手に入れるのだ。いいな」

「今回は、相手が悪過ぎます。服部宗十郎、片瀬直人」

「それは先刻承知のことだ」

「人員を少し増強させていただきます」

「君に任せる」

「何をしてもかまわないというのは本当ですね」

下条は深く頷いた。

「手段は選ばない」

松永は身を起こそうとして、うめいた。頭の芯《しん》が重く痛んだ。顎がこわばっている。自分が愛車のドライバーズシートにいることに気づくまでにしばらくの時間が必要だった。

周囲は暗かった。

松永は深呼吸してから、ドアを開けて外へ降り立った。

そこは、ふたりのファイターと一戦交えた駐車場だった。松永のマンションから二百メートルと離れていない。

彼は徐々に何が起こったのかを理解した。

熱いものが胸に押し寄せてきた。それが怒りであることをややあって彼は自覚した。強く奥歯をかみしめていた。

足は鉛の靴をはいたように重かった。

彼は這《は》うようにマンションの部屋にもどった。

テレビを見ていたヒトミが、振り向いて目を丸くした。

「どうしたの、幽霊みたい」

「幽霊かもしれないぜ。自分でも足があるかどうか自信がない」

松永は、ベッドに倒れ込んだ。

「何があったの？　ふらりと出て行ったきりなかなか帰って来ないで、顔を見せたら、このありさま」

「判定にゃ持ち込めなかったな。三ラウンドＫＯ負けというところだ」

「ボクサーはもっとストイックよ。どこかの女に手を出して、美人局《つつもたせ》にでもやられたんじゃないの」

「こいつは光栄なお言葉だ。俺が出て行ってからどのくらい経つ？」

「何を言ってるの」

「出て行ってから、ここにもどって来るまで、どれくらい経っているかと訊《き》いてるんだ」

ヒトミは不思議そうな顔で答えた。

「出て行ったのは、ゆうべの七時ごろ……。ちょうど今ごろだから、丸一昼夜ね」

「力が入らねえはずだ。やつら、丸一昼夜何も食わしてくれなかったんだ」

「やつらって?」

「いいから、何か食わしてくれ。へたな料理は必要ないぜ。冷蔵庫から適当に引っ張り出してくるんだ」

松永は、ハムの塊とチーズをビールで腹に流し込んだ。胃は逆らおうとしたが、かまわず呑み下す。そのうち、胃は落ち着いてきた。

煙草《たばこ》を一本吸うと人心地がついた。再び彼は横になった。

「自分のベッドってのはいいもんだ」

「いい女が隣にいれば、なおさらいいんでしょ」

「ひとりのほうがずっといいときもある。今がそうだ」

目を覚ましたばかりだというのに再び睡魔が襲って来た。

「しばらく眠るから、おとなしくしていてくれ」

「好きにすればいいわ」

ヒトミはベッドルームから出て行った。

松永は何もかも忘れて深く眠った。

目を覚ますと、ヒトミが台所で洗い物をしている姿が目に入った。松永はしばらくそのうしろ姿を眺めていた。

松永は初めて、ほのぼのとした愛《いと》しさを彼女に感じた。

振り返ったヒトミと眼が合った。

松永は妙にてらいを感じた。

「目が覚めたの？」

「ああ……。どれくらい眠った？」

「三時間くらいかな……」

「ちょっと、こっちへ来いよ」

「何よ」

「いいから、言うことをきけ」

ヒトミはエプロンで手をふきながらベッドルームへやってきた。

「何の用？」

「ここへすわれ」

松永は仰向《あおむ》けのまま、ベッドの端を叩《たた》いた。ヒトミはそこに腰を降ろした。

「おとぎ話の絵本でも読めって言うの」

「ちょっと話がしたいと思ったのさ」

「へえ……。初めて人間らしい扱いをしてくれたわね。どんな話をしてくれるの」

「そうあらためて言われても困るな……。おまえ、好きな男はいないのか」

「いるわよ。たくさん」

「そういうんじゃなくってだな……」

「どういうのよ」

「ただひとり、心底好きになったというような……」

「やだ。どうかしちゃったんじゃない？　変よ。いつものおじさんらしくないわ」

「ふん。ただ訊いてみたかっただけさ。そういう時代じゃないのかね」

「時代の問題じゃないわ。いつだって同じよ」

「何が同じなんだ」

「女はいつも男を天秤《てんびん》にかけるってこと」

「いっちょまえの口をきくじゃないか」

「女は損なのよ。捨てられて傷つくのはいつだって女ですからね」

「男だって傷つくさ。男はナイーブだからな」

「でも男は社会的に保護されてるわ。男が遊ぶのは容認されてるのよね。次から次へと女を替えるのは、男の勲章みたいなものなんでしょ。でも、女は傷物になると立場はいっぺんに悪くなる」

「意外と古風なことを言うんだな。最近は女だって遊んでるじゃないか」

「若いうちだけよ。適齢期になると、みんなおとなしくなっちゃうわ」

「しっぽを隠しちまうというわけか」

「そう。そして、冷静に男を見比べて、そこそこに満足できるところで手を打つわけ。男を天秤にかけるのは、立場の弱い女に与えられた正当な権利だわね」

「命をかける恋なんてお呼びじゃないということか」

「恋に命をかけてどうなるっていうの？　生きてりゃ、新しい男はいくらでもいるわ」

「若いくせにかわいげのない女だ」

「正直なだけよ」

「そうかもしれないな。文字通り命を危険にさらしてまで恋をするなんて、まともじゃない」

「誰《だれ》のことを言ってるの」

「別に……」

「そんなばかなことはできゃしないわ。誰だって口先ばかりなんだから」

「よっぽど男に恵まれてないらしいな」

「その代わり不自由もしてないわ」

「そうだよな。それが普通の若い女の考えることだ」

「でも……」

「でも、何だ」

「本当に私に命をかけてくれる人がいたら、素敵でしょうね」

「ふん。勝手なもんだ」

「もし、本当にそんな人がいたら、私も何もかも投げ出して、その人のところへ行くかもしれない」

「おい。言ってることがめちゃくちゃじゃないか」

「まったく……。女の気持ちをわかってないのね」

「わかれってほうが無理だぜ。話が支離滅裂だ」

「女はみんな、現実のささやかな幸福のために、早いとこ諦《あきら》めて自分を説得するのよ。でも、心の片すみじゃ、いつも燃えるような恋にあこがれている。どっちも本音よ」

「娼婦《しょうふ》と天使の同居か。男はみんな苦労するわけだ」

「男の苦労が何よ。要するに女を抱ければ、男はそれで満足するんでしょ。女を手に入れるためにはあの手この手。飽きたら手を切るために何とか言いつくろおうとする。そんなの苦労じゃないわ。ゲームよ」

「女は男を悪く言う。男は女を悪者にしたがる。だがな、男だってただひとりの女を守ろうと必死になることがあるんだ」

「遊び上手のおじさんの台詞《せりふ》とも思えないわ」

「女から女を渡り歩く男は、どこか決して満たされない気持ちを持ち続けてるんだ。例えばだな……。そう……少年の頃《ころ》に味わった一途《いちず》な恋をもう一度求めようとする。そして女を抱くはめになる。そうしてみると、一途な恋なんて幻でしかないと思い知らされるんだ。だが、しばらく経つと、その幻をまた追っかけてみたくなる」

「恋愛なんて一時の気まぐれだと、どうして諦めがつかないのかしら」

「それが男の情けないところさ」

「おじさんも結婚しようなんて思ったこと、あるの？」

「ああ……。一度だけな。だが、俺がだらしないばっかりに、めちゃめちゃにされちまった。俺が相手の女を守ることができなかったんだ」

「いっしょにいるうちにわかってきたわ」

「何がだ？」

「おじさんは人一倍まじめで純情なんだって。だから、世の中との折り合いがうまくつかない。しかたなく一匹狼《おおかみ》を気取って、精一杯つっぱってるのよね」

「このあいだ、似たようなことを言われたよ。だが、今はこうやっていくしかないんだ。ほかにどうすりゃいいのか、俺にはわからない」

「まあ、私も同じようなものよね」

「本気になれるものが見つからないってわけか……。もし、今、おまえの素直な気持ちだけをぶつけられて、それに応《こた》えてくれるような男が現れたらどうする」

「遊び心なんて吹っ飛んで本気になれるかもしれないわね」

「本気になっちまって、しかし、周囲の事情がふたりの間を許さないとしたら……？」

「本当に心が通じ合っているなら、駆け落ちでも何でもやっちゃうわ。でも、そんな男は現れっこない。だから毎日おもしろおかしく暮らすのがいちばん。結局、そこに落ち着くのよ」

「駆け落ちでも何でもか……」

松永の唇の笑いがゆっくりと消えていった。

彼は目を見開くと、勢いよく起き上がった。

松永は、片瀬の「誰かに荒服部の歴史を伝えたかった」という意味ありげな言葉と、そのときの片瀬の思いつめた様子をあらためて思い起こした。

20

襖《ふすま》の向こうは沈黙していた。義貞は正座し、言葉が返ってくるのを辛抱強く待った。

かすかな忍び笑いが聞こえ、義貞は、はっと顔を上げた。

「わが日本国政府のなかに、この服部家に反逆する者がおる……」

笑いを含んだ宗十郎の声だった。

「はい」

老人は敵を哀れむように言った。

「実に愚かしいことだ。のう、義貞」

義貞は、今さらながら実の父親の不気味さを感じていた。義貞の報告を聞いても、宗十郎の自信は少しもゆるぎはしないようだった。

義貞は、宗十郎がこういう事態をも十分に考慮に入れていたのだと知った。

「政府のなかのどこの連中が実際に動き回っているのか、つかめておろうな」

「だいたいの目星はついておりますが、確認はまだ取れておりません。早急に手を打つつもりです」

「その者たちは、宝剣のことは知っておるのだろうな」

「そう考えねばなりません。今のところ、宝剣がわが服部家の唯一の弱みです。その弱点に気づかなければ、我々に対抗しようなどという気は起きるはずはありません」

「そやつらの勇気をたたえてやりたい気分じゃのう」

「すぐに対処いたします」

「よい。捨ておけ」

「は……？」

「かまうことはない、放っておけばよいのだ」

「愚かしいことだ」

「しかし……」

「目先の駒《こま》に惑わされて、大局を見誤ってはならぬ。その連中に手を打つとなると、少なからぬ勢力をさかねばならなくなる。それは、無駄なことだ。急がねばならぬことは別にある」

「はい」

「全力を挙げて宝剣を探せ。我々が宝剣を手に入れれば、逆らおうなどという者はひとりもいなくなるはずじゃ」

「わかりました」

「それともうひとつ」

「は……」

「例の大学教授だが……」

「高田常造ですか」

「餌《えさ》をやって黙らせておくつもりだったが、政府内で敵対勢力が動き始めたとなると、そうもいくまい。敵もやりかたをよく心得ておろう。いちばん口を割りやすいのは、その大学教授じゃ。敵も、遅かれ早かれ目をつけるじゃろう。余計なことをしゃべられては面倒じゃ」

「心得ました」

義貞は、深く頭を下げた。

闇のなかで、音もなく動く大きな影があった。影は、ベッドで眠る高田常造に近づいた。

影は、高田常造をそっと揺すった。いびきが止む。

朦朧《もうろう》とした高田常造の目が、にわかに見開かれた。彼は勢いよく身を起こした。

「き……君は……」

服部忠明の、肩口への手刀は次の言葉を待たなかった。

悲鳴も上げずに、高田常造は気を失う。忠明は、淀《よど》みのない手つきで首を絞め上げた。

逃れようのない、正確な行動だった。

わずかな失禁の臭《にお》い。

忠明は、手を離し鼓動と呼吸の停止を確認した。

「心臓発作だと！」

高田常造の遺体を担当した法医学者は、驚きの声を上げて、新聞を睨みつけた。小さな死亡記事だった。

「あれが心臓発作なもんか。でたらめだ。どうなってるんだ」

彼は驚きが、ぶつけどころのない怒りに変わっていくのを感じ、それにじっと耐えねばならないという事実に、さらに腹を立てた。

同じ言葉を呟いている者がいた。

松永は愛車シルビアのなかで、新聞を真二つに引き裂いた。彼は歯をむいてショートホープのフィルターをかみしめていた。

水島家の門近くに駐車していたシルビアを発進させる。監視を中止して、彼は自分のマンションへ向かった。怒りと恐怖のせいで、ハンドルが安定しなかった。

「ヒトミ！」

マンションのドアを開けるなり、松永は叫んだ。

返事はない。

寝室のベッドにも姿はなかった。

松永は不安に駆られた。不安がさらに声を大きくさせた。

「ヒトミ。どこにいるんだ」

物音がした。

松永は身構えて振り返った。

バスルームのドアが開き、バスタオルを巻いたヒトミが現れた。

「何だっていうのよ」

松永は、大きく吐息を洩《も》らし全身の力を抜いた。

「無事だったか」

「あたりまえじゃない。おかしいわよ、このあいだから」

松永は、むき出しの丸い肩を両手でつかんだ。

「すぐこの部屋から出て、自分の家に帰るんだ」

「何よ急に……。ちょっとォ、痛いわよ。手を離してよ」

「もうここには置いてやれなくなった」

「新しい女でも転がり込んで来るっていうの」

「そんなところだ。とびきり物騒なやつがな。とにかく、俺のそばにはいないほうがいい」

「何かあったのね」

「おまえには関係ないことだ」

「どういうことよ。説明してくれないと、出てってあげないわよ」

「ほとぼりが冷めるまで、という約束だった。もう一週間も居すわっているんだ。いい加減に出て行くんだ」

「何があったか言って」

松永は癇癪《かんしゃく》を起こして、怒鳴った。

「言うことをきけ！」

「理由を話してって言ってるでしょう」

松永は大きく息を吸い込んだ。

「よし、わかった。言ってやろう」

彼はヒトミに背を向け、落ち着かない手つきで煙草に火を点《つ》けた。

「俺の身が危険にさらされるかもしれない。命を狙われるかもしれないんだ。ここにいると、おまえがとばっちりを食う」

ヒトミは何も言わず、ただ眉《まゆ》をひそめていた。

「一刻も早く服を着て家に帰れ。そして、俺のことなんか忘れちまえ」

「私のことを心配してくれてるの」

「そんなんじゃない。面倒事が増えるのがごめんなんだよ。俺ひとりの体ならなんとかなる」

「それでもいっしょにいたいと言ったら？」

「何をばかな……。冗談を言ってるんじゃないんだぞ」

「それは、あなたの顔色を見ればわかるわ。それでもいっしょにいたいと言ったらどうする？」

「ふざけるな。さっさと荷物をまとめるんだ」

「言ったでしょ。命をかける恋にもあこがれてるって」

「何だと」

「好きなのよ」

「くそくらえ」

松永は、寝室に脱ぎ捨ててあったヒトミの服を持って来ると、彼女に向かって放り投げた。

胸で受け止めると、彼女は言った。

「私を心配して、そんなにあわてて帰って来たんでしょう」

「そんなんじゃないと言っただろう……」

松永の口調は歯切れが悪かった。

「何があったのか、話してはもらえないわね」

「話す必要はない」

「私を助けようと本気で思ってくれたのね。嬉しいわ」

「そんなことはどうでもいい。早く仕度をしろ」

ヒトミは、松永を見つめて立ちつくしていた。やがて、肩をすくめて寝室へ向かった。

松永はヒトミに背を向けたまま、もう一度小さな安堵《あんど》の溜息をついた。

ヒトミを車で東横線学芸大学駅まで送った松永は、世田谷《せたがや》の水島の屋敷まで大急ぎで引き返した。この約一時間のあいだに何事もなかったことを祈り、張り込みを再開する。

何度経験しても、ひとりっきりでの張り込みの辛さには慣れるものではなかった。どんな敏腕刑事でもふたり組三交替で行なうのが常識とされている。松永は、ただひとりでそれをやりとげなければならないのだ。

ダッシュボードの灰皿は、たちまち吸いがらの山となった。助手席に三冊の週刊誌が放り出されている。いずれも、すみずみまで目を通したものだ。

松永は、そのなかの一冊に手を伸ばし、またページをめくり始めた。広告の一字一句まで暗記してしまいそうだった。

その週刊誌を閉じると、裂けた新聞を手に取り、高田常造死亡の記事を三度読み返した。

屋敷には何の変化も見られない。

何度も切り上げてしまおうという誘惑が頭のすみをかすめていった。時には、尿意が彼を苦しめた。近くの公園にある公衆便所だけが彼の味方だった。

雑誌や新聞も、もはや気を紛らす役に立たぬことを知った松永は、腕を組み、思考の世界に浸っていった。

自分の行動に対する疑問が湧《わ》いてきた。

——何のためにこんな張り込みをしている？——

服部から依頼された仕事も、内閣調査室との取引もすでに終了している。にもかかわらず、松永はこの一件から手を引こうとはしていなかった。

——なぜだ——自問する声が聞こえる。

「金のためさ」

彼は呟いた。

「宝剣は、莫大な金になる」

そう言い切ってしまえば、すべて解決するはずだった。しかし、松永は割り切れぬものを感じていた。

——なぜだ——さらに彼は自分に問い続けていた。

松永は、ひたむきに水島静香を想《おも》う片瀬直人のことを考え始めた。

松永は片瀬直人に、強い興味を感じ始めている自分に気づいた。片瀬は、他人をひきつけずにはおかない、不可思議な魅力を持っている。

同時に、松永は片瀬に羨望《せんぼう》を感じていた。

片瀬は信じるものを持ち、そのために戦っている男だった。今、彼は水島静香を信じ、彼女を助けるために戦っているのだ。

松永は、心の奥底にひた隠しにしていたものを片瀬によって暴かれたような気がしていた。

それは、信ずること、愛することへの熱い勇気だった。

片瀬はそんな自分を見すかしていたにちがいないと松永は思った。でなければ、荒服部の秘密をすべて松永に話すはずはなかった。

片瀬は松永をも信じようとしていた。

松永はそれに気づいた。

彼の心は大きく揺さ振られた。そしてようやく、満足できる理由づけ——彼自身の行動の目的に思い当たった。

——ふたりを助けてやりたい。ふたりが陰謀の渦に巻き込まれてばらばらにされるのを、黙って見ているのは耐えられない——

松永は、実に長い間味わったことのない高揚を感じていた。

ふたりを助けることによって、俺の生き方を変えられるかもしれない——彼は、そんな期待すら感じていた。

松永は眼を上げて、水島邸を見すえた。

「これしか手はない」

彼は、はやる心をおさえた。「今は、水島静香を張るしか手はないんだ」

片瀬は再び旅行の準備をしていた。

荷造りは徹底していた。部屋のなかにある、ありとあらゆる不必要なものを捨て去る。旅じたくというより、移転の準備と言ったほうが的を射ていた。

彼の眼には、暗い怒りの色があった。

電話が鳴り、彼は荷作りの手を止めた。電話の相手は水島静香だった。彼女は唐突に言った。

「高田先生が……」

「知っている。新聞で読んだ」

「どういうことかしら」

「よくわからない。新聞には心臓発作のため自宅で死亡、とだけ書いてあった」

「信じられる？」

「いや。信じていない」

「やはり、服部のおじさまたちが……」

「それはわからない」

「恐いわ、私。どうしようもなく、恐い」

「いいかい」

片瀬の声は冷静だった。

「落ち着くんだ。高田先生が亡くなったからといって、それが服部のしわざと決まったわけじゃない。本当に心臓発作だったかもしれないんだ。もし、服部のせいだとしても、今のところ君は安全だ」

「私のことじゃないの」

静香は苛立《いらだ》った声で言った。

「心配しているのは片瀬さんのことなのよ」

「僕のことならだいじょうぶだ」

「あなたは、服部のことをよく知らないのよ」

「君よりはよく知っている」

片瀬の語調はあくまでも静かだった。

静香はわずかの沈黙の後、弱々しく言った。

「ごめんなさい。そうだったわね。片瀬さんの肉親、荒服部の人たちは……」

片瀬は何も言わなかった。

「どうして私たち、もっと別な出会いかたができなかったのかしら」

「別な形で出会っていたら、君は僕のことなど気にも留めなかっただろう」

「そんなことないわ」

「とにかく、言ってもしかたのないことだ」

「そうね。そうだわ……」

「高田先生のことは、なるべく考えないようにするんだ」

「ええ……」

「とにかく、急いだほうがいいことだけは確かだ」

「そうね」

「このあいだ話したこと、準備は進んでいるか」

「進めているわ」

「……辛いだろうが……」

「今以上に辛いことなんて考えられないわ。私も望んだことなのよ」

「こっちはもうじき用意が整う。相談したとおりにやろう」

「わかったわ……。それじゃあ……」

片瀬は電話を切った。

再び、彼の全身を怒りが支配し始めた。

高田常造の死が服部の手によるものだと、片瀬は確信していた。自分さえ近づかなければ、高田教授は今ごろ何事もなく教鞭《きょうべん》をとっているはずだと思うと、苦しさに叫び出したくなるほどだった。

高田常造に服部の息がかかっていることは、静香から知らされていた。にもかかわらず、片瀬は、教授を慕っていた。古代史やインド哲学について高田常造と語り合うのは心底楽しかった。

片瀬は服部に対し憎しみをつのらせた。同時に不安と恐怖を感じた。水島静香を服部から自由にしてやらなければならない。それができるのは自分だけだと決意している。果たして自分ひとりでやりおおせるだろうかという不安と恐怖だった。

しかし、片瀬のなかには、そのおそれを押しのけるだけの強い想いがあった。

それは、静香とふたりで勝ち得る自由な世界へのあこがれ、そして、静香に対する深い愛情だった。

21

ノックの音に続いて陣内が姿を現した。

下条は、挨拶《あいさつ》の代わりに軽く頷いた。

「話を聞こうか」

陣内は簡潔に言った。

「高田常造は殺されました」

「新聞の記事はでたらめだと言うのか」

陣内は肩をすくめた。

「警察の発表をそのまま記事にしたという意味では、正確です」

「刑事たちの捜査の結果と、警察の発表の間に食い違いがあるということだな」

「そのとおりです」

「死因は何なんだ」

「私たちが、この事件を担当した法医学者から聞き出したところによりますと、絞殺ですね」

「間違いないのか」

「十中八九……」

「高田常造は、自宅のベッドのなかで、何者かに首を絞められて殺された……」

「服部を敵に回したら最後、安住の地はありませんね」

「なぜ高田常造が……」

「我々の動きを、服部が察知したとしか思えません」

「高田常造が、我々に余計なことをしゃべらぬうちに、というわけか」

「おそらくは……」

「最も弱い部分から切り捨てていく。やつらも戦いかたは心得ているということだな」

「戦いのなかで生きのびてきた血筋だということですからね」

「我々のことはどこまで知られているだろう。内閣調査室が動いているということを、もう知っているのだろうか」

「どうでしょうか……。私はまだそこまでは知られていないと思いますね。もっと漠然としたことしかつかんでいないでしょう。我々の活動には、まだ何の妨害もない。服部が気づいているとしたら、必ず手を打ってくるはずです」

「こっちの出かたを見ているのかもしれん」

「むこうには、それほどの余裕はないはずです。宝剣の奪い合いは早い者勝ちですからね」

「楽観視は禁物だ」

「私の経験から言うと」

陣内は上司に向かって平然と言った。

「悲観論がいいほうに出たためしはありません」

下条は、唇だけでほほえんだ。

「松永がしゃべっていないという保証はなかろう」

「そこまで疑っては、彼がかわいそうです。彼が服部に我々のことを話して得になることはひとつもない。むしろ、我々と組んで水島静香誘拐《ゆうかい》の狂言をやらかしたことや、その誘拐を利用して片瀬直人からあれこれ聞き出したことを服部に知られてしまう危険があります。利口な男は沈黙を守るものです」

「わかった。君の判断を信頼するとしよう。君のことだ、然《しか》るべき安全策は講じてあろうからな」

陣内はおだやかに目を細めた。

「高田常造の件だが、調査はどのあたりでねじ曲げられたんだ」

「残念ながら、つかめてはおりません。よほどのことがない限り、外部の人間が調査に介入することなどできないのですが……」

「上からのお達しだな」

「たぶん……」

「警視庁に服部の息がかかっているということはないか」

「それはありません。服部の力も警視庁をはじめとする警察機構には及んではいません。警視庁は、勢力範囲で言うと我々の傘下にあります。これは私の名誉にかけて断言しておきます」

「……にもかかわらず、どこから圧力がかかったかわからない……」

「面目ありません」

「やっかいな連中だ。まあいい。宝剣の探索は進んでいるか」

「そのことなのですが……」

「何だ」

「片瀬直人が、インド行きのビザを申請しています」

「それはまずいな。またインド旅行というわけか」

「それだけではありません」

「どうした」

「水島静香も同様に、インドのビザを申請しているという情報をつかみました」

下条は、眼鏡を指で押し上げ、もの問いたげな眼差しを、落ち着き払ったこの部下に向けた。

正面からヘッドライトが近づいて来た。

松永は、あわててダッシュボードの陰に身をひそめた。フロントガラスから、そっとうかがう。

水島邸の門のなかに、黒のセダンがゆっくりと入って行った。門灯がほんの一瞬、後部座席の男たちを照らす。

松永はシートに背を投げ出し、考え込んだ。親類がただ親睦《しんぼく》をあたために来ただけとは思えない顔ぶれだった。服部義貞も忠明も親睦などとは無縁の人間だ。

迷った末に松永は車を降り、ブロック塀に近づいた。門は、車が入った直後、固く閉ざされている。

路地の左右を念入りに見わたす。猫一匹いなかった。

松永は素早く塀を乗り越えた。


水島夕子が応接間で、義貞を迎えた。

「ご無沙汰《ぶさた》しております。お兄さま」

義貞はおおらかに頷いた。

「元気そうで何よりだ。今回のことでさぞ、肝をつぶしたろうと思ってな。どうだ、静香の様子は」

「それが……。ずいぶんとふさぎ込んでいて」

「そうか。やはりな……」

「水島も、じきに帰って来るはずですわ」

「いや、今夜は、静香の様子を見に寄っただけだ」

「静香のことですが」

夕子はさりげなくドアをうかがって声を落とした。

「そろそろ、服部の仕事から解放してやるわけにはいかないのでしょうか」

「どうかしたのか？」

「母親として見るに忍びないのです。静香はずいぶんと辛い思いをしているようで……。昔のような明るさはなくなるし、最近は食も進みません」

「それは気づかなかった」

義貞は目を細めた。

「それほど辛い役割ではないはずだがな」

「精神的な重圧に耐えられないのでしょう」

「そんなに弱い娘ではないと思っていたが……」

「若い娘には、服部の血は重過ぎるのです。私にも覚えがあります」

「私が直接話をしてみよう」

夕子は考えた末に頷いた。彼女は、静かに立ち上がった。

「呼んでまいりましょう」

塀際に、端整に刈られた灌木《かんぼく》があり、小さな池をはさんで、芝生が縁側まで続いている。

カーテンが閉まっている。松永はなかの話を聞こうと、耳をそばだてた。

彼は背後の注意を怠っていた。

不意にうなじを逆撫《さかな》でされるように感じ、思わず彼は振り返った。嫌な気配だった。

庭の明かりを背にして、服部忠明が立っていた。

体中の血が逆流した。忠明の体が自分の倍以上に感じられる。

松永はその場に凍り付いた。

忠明は、無言で一歩近づいてきた。

「いらっしゃい。おじさま」

夕子に続いて応接間にやってきた静香が小さく頭を下げた。

「なるほど、顔色がすぐれんな……。そんなところに立っていないで、掛けなさい」

静香は俯き加減で、夕子の隣に腰を降ろした。

「何がそんなにおまえを苦しめているのだ」

静香は顔を上げなかった。

「この私に話してごらん」

彼女は何も言わない。

「確かに、おまえは恐ろしいめにあった。かわいそうなことをしたと思っている。約束しよう。服部の名にかけて、今後二度とあのようなことは起こさせない。服部が、おまえの安全を保障するのだ。これ以上に心強いことはないだろう」

夕子は冷静な眼で、娘の横顔を見つめている。

短い沈黙があった。

「私は、ただ……」

静香が言った。

「静かに学生生活を送りたいだけなのです」

「はい。それは、当然の要求だと思います。なぜ、私にはそれが許されないのでしょう」

「静かに学生生活を送りたい？」

「選ばれた者の宿命だ」

義貞は冷やかに言った。

「選ばれた者？」

「そうだ。おまえの体には服部の血が流れている。服部の代名詞は何か。それは力だ。約束された権力だ。一般庶民が望むことすらかなわぬ権限が、我々の血に与えられている。我々は、その代償を支払わなければならない。服部の血を継ぐ者は、その血筋がこの先も絶対のものであるよう努力しなければならない。それが権力の代償だ。静香。おまえも例外ではないのだよ」

「おじさまのおっしゃることは、よく理解しているつもりですわ。私は、おじさまたちに逆らうつもりはありません。ただ……」

「ただ、自由が欲しい。そう言いたいのだな。おまえは若い。世の中のことがまだよくわかっていないようだ。やがて気がつくときがくるだろう。権力を持たないがために人々がどれだけ不自由な思いをしているかな」

「服部の血が尊いものだというのは、充分にわかっています」

義貞はおだやかに静香を見つめた。

「……ならば、もう言うことはないな」

「ちょっと、わがままを言ってみたかったんです」

「知ってのとおり、今、服部の血脈が危機に立たされている。大先生《おお》がじきじきにお出ましにならねばならぬほどの一大事だ。服部の血を持つ者は、すべてこの戦いに立ち向かわねばならない。静香、これからもいっしょに戦ってくれるな」

「もちろんですわ」

力なく静香は頷いた。

松永は背筋からすべての力を抜き去ろうとする寂寥感《せきりようかん》と戦っていた。絶望の虜《とりこ》になろうとしている。

実力の差は明らかだ。力量が違いすぎる相手との戦いでは、反撃のためのチャンスなどほとんどないことを松永はよく知っていた。

虚をつこうにも、忠明に隙はなかった。全身はリラックスして見えるが、指の先まで神経がゆきとどいているのがわかる。

松永の取る道はひとつ。やみくもに暴れ、活路を見出すしかない。

松永は、脇腹を狙う回し蹴り、左右のワン・ツーを連続して放った。

忠明は右足を引き、左手だけですべての攻撃を防いだ。

右の中段前蹴りから、左の高い回し蹴り、左右のフックと松永の攻撃はさらに続いた。スタミナ配分を考える余裕はない。とにかく相手に一撃を加え、ひるんだ隙に逃げ出そうと考えていた。

忠明は造作もなく、松永の突きや蹴りを払っていく。

松永は作戦を変えた。

忠明の金的を狙い、両眼めがけて打ち込み、咽笛《のどぶえ》をとらえようとした。

攻撃はさらに空を切る。

忠明の巨体が一瞬、松永の視界から消えた。次の瞬間に松永は、芝生の上に背を打ちつけていた。

忠明が身を低く沈め、大きく右足で地上に弧を描き、松永の両足を払ったのだった。

松永は跳ね起きた。

とたんに、目のまえに閃光《せんこう》が走る。後頭部のショックは遅れてやってきた。一瞬、上下がわからなくなる。

忠明の回し蹴りだった。

空手のように足の甲や指を返したつけ根で蹴るのではなく、内側のくるぶしのあたりで払うように蹴る回し蹴りだった。中国拳法でいう反蹬腿《はんとうたい》の技だ。

松永の体は再び、芝生に投げ出された。

四つん這《ば》いのまま、頭を左右に振る。この一撃で、腰が浮いたような感覚がなくなった。

熱い怒りと、戦いのための冷静な残忍さがようやく松永に訪れた。

松永は静かに息を吐き出すと、素早く横に転がった。不意をつく動きだった。

立ち上がりざま、松永は靴の先を力の限り忠明の左膝に叩き込んだ。複雑に筋肉がより合わさっている急所だ。

忠明は苦痛のかすかなうめきを洩らした。

松永の右足は地を蹴った。踏み切った足を、忠明の顎に飛ばす。

会心の飛び蹴り。

したたかな手ごたえだった。松永の胸の奥から黒い快感が湧き上がる。

忠明は大きくのけぞった。

着地した松永は、そのまま逃走しようとした。

ふと振り返る。彼は驚愕《きょうがく》に目を見開いた。

忠明は、強烈な飛び蹴りを顎に受けても、倒れずにいた。

松永の反撃はそこまでだった。

忠明の蹴りは見えぬくらいに疾《はや》かった。

一瞬のうちに、松永は十発近い蹴りを全身に受けた。

抵抗力は消え失《う》せた。

とどめは水月への正確な突きだった。息が止まる。

松永は、膝から芝生の上に崩れていった。

気力をふるい起こそうとしたが、体に力が入らない。

忠明の手がえり首をつかむ。忠明は豆のつまった麻袋のように松永を引きずっていった。

忠明の下唇からの出血だけが、松永の戦果だった。

戸口に現れたふたりの男を見て、静香が小さく息を呑んだ。ふたりの顔は血で染まっていた。

忠明が松永を放り出す。松永はぶざまに床に這いつくばった。

「松永さん……」

静香は、呟くように言った。

松永は、のろのろと立ち上がった。

「ほう……」

義貞は目を細めた。

「これは珍しいお客だ」

松永は、膝に手をつき肩で息をしながら義貞を睨みつけた。

「盛大な歓迎を受けて感激だね」

「この屋敷で何をしていたのですか」

「ちょいと夕涼みをな……。残暑がきびしいもんで」

「夕涼み？　家宅侵入罪を犯してまでかね」

「生まれつき、スリルが大好きでね」

夕子が無表情な顔を義貞に向けた。

「警察を呼びましょうか」

「警察か……。いや、この男にはいろいろと話がある」

「今は話をする気分じゃねえな。おしゃべりするサンドバッグなんて聞いたことがない」

義貞は無視して静香に声をかけた。

「部屋にもどっていなさい」

静香は何か言いかけて、諦めたように目を落とし席を立った。

ドアが閉じるのを待って義貞が口を開いた。

「門の外に停《と》まっていたのが、あなたの車だと、もっと早く気づくべきでした」

「気づいてたらどうだと言うんだ？」

「少なくとも手荒なことは避けられたかもしれない。私は、暴力というのを、あまり好まんのでね」

「人を殺すのは平気でもか」

「何のことでしょうか」

「さあね……」

「とにかく、あなたたちはもう我々に用はなくなったはずです」

「あんたたちに用はない。こんなところで会おうとは思ってもいなかった」

「すべて忘れると言ったはずです。約束を守ってはいただけないのですか」

「約束は守っているつもりだ。あんたたちは片瀬直人に近づくなと言ったんだ。俺は、やつには一歩も近づいていない」

「なるほど……。まだ、おわかりいただけてないようですね」

「何がだ？」

「あなたの立場をです」

「わかってるさ。高田常造が死んだことで、いっそうはっきりわかった。俺の命は風前のともしびってやつだ」

「高田教授は、心臓発作でお亡くなりになった。残念なことだと思っていますよ」

「俺は何で死ぬんだ。交通事故か？　自殺か？」

「何をおっしゃっているのかわかりませんね。あなたがおとなしくさえしていてくれれば、私たちは、あなたをどうこうするつもりはありません。ただ、こういう真似をされますと……」

「黙って帰すわけにはいかない」

「そのとおりです」

「どうする？」

「落ち着いてゆっくり話のできるところへご案内します」

「服部の屋敷か」

「これ以上、東京であなたにうろちょろされたくありませんからね」

22

黴《かび》の臭いのする冷たい空気が漂っていた。手のとどかない高さにある三十センチ四方ほどの切り窓から、たよりない光が差し込んでいるだけで、あたりは薄暗かった。

壁は石を積んだ堅牢《けんろう》なもので、押しても叩いてもびくともしない。

鉄の扉も、鍵も錆《さ》びついていた。

服部の屋敷の地下室は、長いあいだ人の気配を欠いていたたたずまいだった。

松永は、ひやりとする床にあぐらをかき、心の均衡を保とうと努力していた。

ここまで来ては助かる見込みはないに等しい。だがゼロではない。可能性を、わずかにでも増やすことができるのは、冷静さと正確な判断力でしかない。

彼は自分にそう言いきかせた。

彼は、あるかないかのチャンスに向けて体力を温存することに専念しようとした。

彼は横になって目を閉じた。

静寂は彼を恐慌状態に駆り立てようとする。彼は、ゆっくりと腹式呼吸をして耐えた。

こんなときに睡魔がやってこようとは思わなかった。精神に反して肉体は疲労していた。

鍵の開く音がして、自分がうとうとしていたことに気づき、松永は驚いた。

彼は、笑いを洩らした。

(このぶんなら、まだまだいける)

鉄の扉が重たいきしみを上げて開く。義貞が立っていた。うしろに忠明を従えている。

松永は起き上がってあぐらをかいた。

「俺の処分の方法が決まったかい」

義貞はうしろ手を組み、肩幅ほどの広さに足を広げ、まっすぐに松永を見ていた。

「いっしょに来ていただきます」

「どこへ行こうというんだ」

「服部宗十郎が、あなたと話をしたいと申しております」

「ほう……。ようやく黒幕にお目通りがかなうのかい」

松永は立ち上がった。


襖の向こうからやってくる威圧感に、松永は身のすくむ思いがした。

これまでいろいろな人間に会ってきたが、こんなことは初めてだった。

松永のうしろでは義貞と忠明が正座していた。

嗄《か》れた声が聞こえる。

「松永とか言ったな」

松永は気圧《けお》されまいとして答えた。

「そうだ」

「このたびは、我々のために働いてくれたそうだな」

「安い金でこき使われたよ。だが、その仕事のやりかたが気に入らんと言って、あんたの息子たちは、俺を地下牢に閉じ込めている」

「余計なことまで知ろうとしていると聞いておるが……」

「こういう仕事をやっていて、どこまで調べてどこから目をつぶるなどという線を引けるはずがないだろう。知りたくなくても耳に入ることはある。それがいちいち気に入らんと言われちゃ、こっちは動きようがない」

「服部家は、血筋の危機を迎えておる。そのことは知っておるのか」

「血統が絶えるわけじゃないだろう。服部家の権力の危機と言ったほうがいいんじゃないのか」

「我々にとっては同じことじゃ。どうやら、いろいろと嗅《か》ぎ回っているようじゃな」

「言ったろう。自然と耳に入ってきたのさ」

しばらくの沈黙の後、かさかさという音がかすかに響いた。松永は、それが笑い声であることに気づいた。

「さすがに義貞が選んできた男じゃ。もう少しまえに会っておきたかったぞ」

「何が言いたいんだ」

「もうよい。退《さ》がれ」

「話はもう終わりかい」

「どんな男か知りたかっただけじゃ。話なら義貞とするがよい」

義貞と忠明の立ち上がる気配がした。

地下室に連れもどされるまで、チャンスはひとつもなかった。義貞と忠明がふたりそろっていては、逃げ出すことは不可能だった。

むき出しの石肌に背をもたれて、松永は戸口の義貞に言った。

「俺をすぐに消しちまわないのは、どういうわけだい?」

義貞は何も答えなかった。

「まさか、ここで俺が餓死するのを、じっと待っているってんじゃないだろうな」

「それも一興ですね」

「あんたたちが俺を生かしておく理由はひとつだ。俺からまだ聞き出せることがあると踏んでいるんだろう」

義貞は再び口を閉ざした。

「取引しないか。あんたたちが、俺を逃がしてくれたら、俺は知ってることを洗いざらいぶちまける。俺の命を助けるくらいの価値あることを、俺は知ってると思うぜ」

義貞はまだ何も言わない。

「はなっから、そのつもりだったはずだ。何も考えることはないだろう。早くしないと手遅れになる」

義貞がようやく口を開いた。

「手遅れに？」

「そうとも」

「何が、どう手遅れになると言うのですか」

「宝剣だ」

義貞は無表情を装っていたが、松永はその眼に走った動揺を見逃さなかった。

「あんたたち服部に敵対する動きがあることは、もう気づいていると言ったな。だが、あんたたちは、そいつらの正体をつかみきっていない。違うか？」

松永は、義貞の表情から揺るがぬ自信が少しずつ消えていくのを観察していた。

「その連中も、例の宝剣のことは知っている。彼らは今も、必死に宝剣のありかを追い求めているだろう。あんたたちが先に宝剣を発見するという保証は何もない」

義貞は目を細めて、松永を見つめていた。

「どうだい。俺が出まかせを言っていると思うかい」

「やはりあなたは宝剣のことを知っていた」

義貞は言った。

「なるほど、話を聞くだけの価値はありそうだ。あなたは、その連中の正体を知っていると言うんですね」

松永は頷いた。

「手遅れになると言ったのは、それだけじゃない。宝剣のありかの秘密を握っている片瀬直人が、何を考えてるか知ったら、あんたはこんな山奥でのほほんとしていられなくなるはずだ」

「それは、あなたが水島邸を見張っていたことと関係があるのですね」

「おおありだよ」

「いったいどんなことだと言うのですか」

「取引だ。この先は、俺の命と引き替えだ」

「宝剣のありかも知っているとおっしゃるんじゃないでしょうね」

「見当はついている。あんたたちの思いも寄らぬところだ」

「ただでは転ばぬ人だと思ってましたよ。よろしい。こうしましょう。いくつかのあなたの情報を確認し、それがもし本当だったら、取引に応じましょう」

「しかたがないだろう」

「まず、我々に敵対しているのは何者なのか、それをお教え願いたい」

「内閣調査室」

「ほう……」

「室長の下条とかいう男がじきじきに動き回っている。あの動きかたから見ると、隠密行動だな。たぶん、内閣調査室の多くの室員も事情は知らされていないだろう」

「室長の下条……。なるほど……」

「納得できるところがたくさんあるんじゃないのか」

「実は、私もそう踏んでいたのです。もうひとつだけ聞かせていただきたい。片瀬直人が何を計画しているのか。あなたはそのために、なぜ静香を見張らねばならなかったのか」

「駆け落ちさ」

「駆け落ち……?」

「片瀬直人と水島静香は、本当に惚《ほ》れ合っちまった。ひょうたんから駒というやつだ」

「静香の様子がおかしいというのは聞いていましたが……」

「水島静香を片瀬の監視役にもぐり込ませたまではいいが、そこが、あんたたちの大きな誤算だったな。ふたりは駆け落ちを計画しているはずだ。十中八九間違いない。俺が水島邸を張っていたのはそのためだ」

「なぜ片瀬直人ではなく、静香を……?」

「あんたが言ったんだろう。片瀬には近づくなって……。それに、片瀬にはまかれてしまう危険がある。あの男は、俺の手にはおえない。水島静香を張っているほうが、ずっと確実だった」

「ふたりで、いったいどこへ行くつもりなのでしょう。たとえどこへ行こうとも、服部の手から逃れることはできません」

「日本国内ならそうだろう。ふたりが行こうとしているのはインドさ」

「インド……」

「海外では片瀬がいちばん行き慣れた土地だ。そして、片瀬はインドで、荒服部の祖、秦一族の血の源流を発見したと言っていた。同じ血脈を持つインドの僧と彼は会っている。バクワン・タゴール。確かそんな名だった。彼は、その僧をたよってインドへ渡るしかないのさ」

「秦氏の源流がインドに？　それは興味深い話ですね。片瀬直人がインドに固執していた理由がそれでわかりました」

「そりゃ興味深いだろう。秦氏といえば、つまりあんたたちの先祖だ。ルーツはインドにあったというわけだ」

「今の私たちにとってはそれほど大切なことではありません」

「ところが、片瀬にとっては重大な問題だったんだ。あいつは自分の血族が、その血を持ったがためにこの世から消されていったことを知っていた。彼は、その血の秘密を解き明かさずにはいられなかった。彼は自分が身につけている拳法のおそろしさについても悩んでいた。その血を解明することは、すなわち、その拳法の存在理由を知ることでもあったわけだ」

「短期間のうちに、よくそこまで調べたものです」

「商売だからな」

「今、私たちの関心は別のところにあります。宝剣はどこにあるのです?」

「とんでもない。そいつは言えない。俺の切り札だ。俺の身の安全が保障されたときに、そいつは話す」

「いいでしょう。私たちも、あなたひとりに関わってばかりはいられなくなったようです」

義貞は忠明に目配せすると、鉄のドアを固く閉ざした。歩き去る歩調が冷静さを欠いていた。

「松永さんが、服部の屋敷へ連れ去られたわ」

大学の図書館を出た片瀬に駆け寄った静香が言った。

片瀬はわずかに眉をひそめた。

「いったいどうして……」

「わからないわ。松永さんが、私の家に忍び込んだらしいの。ちょうどそのとき、おじたちが来ていて……」

片瀬は俯いて考え込んだ。

「どうなるのかしら、松永さん。もしかしたら、高田先生みたいに……」

「彼のことを心配するまえに、まず僕たちのことを考えるんだ。あの人のことはあの人にしか解決できない。松永さんが自分で考えてやったことの結果なんだから。それより、松永さんがなぜきみの家に忍び込んだかが問題だ。ひょっとして、僕たちの計画に気づいていたのかもしれない」

「そんなはずないわ。なぜ、あの人が……」

「もしそうだった場合、一刻も猶予はならない。松永さんが、きみのおじさんたちに話している可能性がある」

「おじたちに……」

「僕ならそうする。そうせざるを得ないだろう。生きのびるためにね。とにかく急がなけりゃ」

「わかったわ」

「僕は三日後に出発できる」

「私もだいじょうぶよ」

「じゃ、三日後だ」

ふたりは頷き合い、別れて歩き出した。

23

京都府警本部長は、訳のわからぬまま、府内各地から集まった警察署長たちが待ち受けている会議に臨んだ。

堅苦しい議事進行のための二、三の手順を終えたあと、本部長はいきなり切り出した。

「警察庁治安当局から京都府知事あてに、テロ鎮圧部隊を組織するようにとの要請があった」

会議室内にざわめきが広がった。

「わが京都府内に重大な国家反逆の計画が進行している疑いがあり、それを未然に防ぐための組織だ。機動隊を中心に、狙撃《そげき》隊を加えた、第一級の戦闘……いや、警戒態勢を敷く。その協力をあおぎたく、諸君らに集まっていただいた次第だ」

再びざわめきが起こる。それを、ぴしゃりとさえぎるように本部長は言った。

「質問を受け付ける」

互いに顔を見合っていた署長たちのなかから、おずおずと手が上がった。

「どうぞ」

本部長は頷いた。

「木津《きづ》署の浜崎《はまさき》であります」

立って敬礼をする。

「京都府内に国家反逆行為の疑いと申されましたが、それは、府職員のなかでということでありますか」

「いや」

本部長は組んだ手を顎に軽くあてたまま言った。

「民間人の過激分子と聞いている」

「それはどういう性格の組織で、どの程度の規模のものなのでありますか」

「詳しくは知らされておらん。追って事情説明があるはずだ。異例の緊急要請だ。少人数の過激派組織でないことだけは明らかだ」

浜崎と名乗った署長は、わずかの間、何か言おうとしていたが、居心地悪そうな表情を浮かべると着席した。

続いて三つの手が上がった。

本部長は、いちばん右端の男を指名した。

焦点の定まらない質問が、そののちも延々と続いた。府警本部長は、そのつど重々しく応答したが、会議の雰囲気を釈然としたものにすることはできなかった。

彼には、この場で質問に答えるというのが無理な注文だった。彼自身、事情がまったく理解できていなかったのだ。

デスクのうしろで、下条は冷たい眼を光らせていた。その光のなかにわずかだが、明らかな怒りが感じられた。

陣内はドアを閉め、下条の机のまえに直立した。

「お呼びですか」

下条は何も言わず頷いた。

わずかの沈黙。

陣内は無言の叱責《しっせき》にも、いっこうに動じる様子はなかった。

下条は、口を開いた。

「どういうつもりだ」

「何のことでしょう」

「とぼけてもらっては困る。京都府警を動かしたのは君だろう」

「はい。無断で室長のお名前を使わせていただきました。その点については、お詫《わ》びいたします」

「そんなことはいい。なぜ、そんな無茶をするのか説明したまえ。いいか。京都府警に撤回の指令を出すだけじゃ済まんのだぞ。警察庁も、面子《メンツ》にかけて私のところに食ってかかるだろう」

「撤回することなど考えておりません」

「いったい何を考えているんだ。ことと次第によっては、君の処分も考えなくてはならない」

「松永が姿を消しました」

「それがどうした」

「足取りがとだえたのは、水島太一の屋敷です。そして、彼が消息を絶ったその日、水島太一の屋敷には、服部義貞と服部忠明が来ていました」

下条は口をつぐんだ。陣内は、上司の表情を眺めてから、説明を続けた。

「松永は、服部兄弟とともに笠置《かさぎ》山中の屋敷へ行ったものと思われます。あるいは、連れ去られたか……。松永は、失踪《しっそう》する直前まで、水島邸を監視しておりました。これは、我々の調査員が報告してきています。我々が尋問したあとで、彼は何かをつかんだと考えていいでしょう」

「何か？　いったい何なんだ」

「当然、宝剣のありかでしょう。それは、片瀬直人と水島静香がインド行きの用意を整えていることと関係があるはずです。松永はそれに気づいた。そして、その松永を、服部が連れ去った……」

「服部が宝剣のありかを知る可能性が大きいということだな」

陣内は頷いた。

「私たちは一歩遅れを取りました。ここで思い切った手を打たねばなりません」

「それで府警を動かしたと言うのか」

「宝剣がもし服部の手にわたったら、服部宗十郎を叩くチャンスは二度となくなるのです。服部家は、宝剣を手にいれることだけに気を取られています。チャンスは今しかありません。私は、この機に全力を上げて服部家を再起不能にする準備を進めたのです」

「陣内君」

下条は、部下を見すえた。

「私はそこまでやれとは言わなかったはずだ。確かに、服部家を叩くには今しかチャンスはないだろう。しかし、戦いには勝ちもあれば負けもある。こちらの被害を最小限におさえることも考えねばならない」

「お言葉ですが」

陣内は、目をなかば閉じた表情で言った。

「手段は選ばん、何をしてもいいとおっしゃったのを、お忘れですか」

「陣内！」

「私はこの仕事を、負けてはならない勝負の連続と心得ております。室長からのご命令は、経過はどうであれ、必ず遂行せねばならぬものと考えております。今回の仕事は、服部家を徹底的に叩くこと。これです。ここで室長に負けることなどを考えていただくわけにはまいりません」

「君はこの私に意見しようというのかね」

「言うべきことは言っておかねばなりません。今は緊急を要するときであり、面子や立場にこだわっているときではありません。そして、これは口に出すまいと思っていたことですが、私は室長の個人的なご計画をも充分に理解し、それに協力したいと考えているのです」

「私の個人的計画？　いったい何のことを君は言っているのだ？」

陣内は落ち着き払った半眼のまま淡々と言った。

「室長は、今の立場で満足されるかたではありません。機を見て、国会議事堂の本会議室の椅子《いす》におすわりになる計画をお持ちのはずです。そのためには、大きな後ろ楯《だて》が必要です。室長がいま、いちばん近づきたいとお考えなのは、総理の派閥……。服部宗十郎を叩くことは、総理に対して、大きな手みやげとなるでしょう」

下条は無言だった。わずかに顔色を失っている。陣内は肩をすくめた。

「私は、心から支援するつもりでおります。室長が権力の階段を登ろうとなさることは、私にとっても決して損にはなりませんからね」

「どうやら、私はまだ君を過小評価していたようだな……」

陣内はかすかにほほえんだ。

「そのためにも、いま、ここで後に引くことを考えてはならないのです」

下条は黙って陣内を見つめていた。しばらくして彼は呟いた。

「わかった……」

「私たちはもう後へは引けないのです。もし、服部が宝剣を手に入れそうになったら、我々は武力に訴えてもそれを奪取せねばなりません。そして、さらに言わせていただければ、これは、服部宗十郎を破滅させるまたとないチャンスなのです」

「わかったと言ってるんだ。勝算はあるんだな」

「はい」

下条は溜息《ためいき》をついて、深々と頷いた。

「もう一度言おう。手段は選ばん。服部宗十郎を叩け。責任は私が取る」

陣内は深く一礼した。

「下条か……彼のことはよく知っている」

服部義貞は、八畳間のなかを行ったり来たりしながら言った。忠明は、あぐらをかき、落ち着かない義貞を見上げている。

義貞はひとり言のように言葉を続けた。

「なかなかの戦略家だ。頭が切れ、滅多に判断のあやまちをおかさぬ男だ。戦いというものをよく心得ている。やっかいな男が敵に回ったものだ」

義貞は障子を開け放ち、庭を眺めた。

「下条が、我々と同じく宝剣を探し求めているということは、すなわち、必ず発見するということを意味している。彼はそれくらい優秀な情報網を持っている」

義貞は、忠明のほうを向いて、畳の上にすわった。

「私たちは静香の件で東京へ即刻出かけねばならない。松永の言うことが本当なら、面倒なことになる。何としても、ふたりがいっしょにインドへ行くのを阻止しなければならない」

忠明は静かに頷いた。

「すぐにでも東京へ向けて出発しよう。だが問題はこの屋敷の警備態勢だ」

義貞は腕を組んだ。

「敵は内閣調査室の下条だ。どんな手を打ってくるかわかったものではない。どれだけ策を講じても安心はできない。ここはひとつ、頼りになる連中に、出動してもらうしかなさそうだ」

義貞は忠明の顔を見た。ふたりは、目だけで頷き合った。

部屋のすみに黒い電話が置かれている。義貞は、受話器に手を伸ばした。

一瞬のためらいもなくダイヤルを回す。

相手が出たとたんに義貞は高飛車に言った。

「服部義貞だ。屋敷の警護をたのみたい」

返答を聞く義貞の眉根《まゆね》に、わずかにしわが寄った。

「無理は承知でたのんでいる。何とかしてもらおう。服部家がこうして頭を下げているんだ。君たちの悪いようにはしない」

しばらくの間があった。義貞の口許が満足げにほころんだ。

「では、詳しい打ち合わせは後日、あらためてするとしよう。感謝する」

義貞は受話器を静かに置いた。

24

静香の旅じたくは、海外旅行をするにしては、いたって軽装だった。グレーとグリーンのTシャツの重ね着に白いパンツ、スポーツバッグをひとつ下げただけの姿は、軽井沢あたりへの小旅行を思わせた。

服部夕子は外出していた。家のなかには中年の家政婦がいるだけだった。

静香は気づかれぬように、そっと玄関を出た。

門へ向かって四、五歩進み、彼女は立ち止まって振り返った。

感傷が彼女の胸を浸し始めた。旅に出てしまえば、もう二度ともどらないかもしれないわが家だった。

ごくわずかの時間に、さまざまな想《おも》いが湧《わ》き上がってきた。不思議と楽しかった出来事だけが次々と顔をのぞかせる。

幼い頃《ころ》は、その家と庭が世界のすべてだった。

植木職人が何人もやってきて灌木《かんぼく》の刈り込み、バラの茂みの手入れをすることがよくあった。幼い静香は、芝生にすわり職人たちの働きぶりを飽きずに眺めていたものだった。その日だけは庭のなかが活気づき、彼女はそのにぎやかさが好きだった。

小学生になった静香は友だちをよく家に招いた。母の夕子はいつでも機嫌よく子供たちをもてなした。兄弟姉妹のいない静香は、客が来ることをことさらに喜んだ。

夕暮れ時の家の門の前で、セーラー服姿の静香に恥じらいながら愛を打ちあけた少年の姿も思い出された。

今となってはすべてが別の世界の出来事だった。高校生活も残り少なくなったある日、服部義貞から、あらためて服部の血の重要さを説かれ、服部のために働くことを強要されたのだった。その日以来、彼女は見るものも聞くものもこれまでとは変化してしまったように感じていた。

そして、彼女はまた新たな決心をしなければならなかった。すべてを捨てて片瀬のもとへ行く。

若い娘なら心を決めかねて当然だった。

しかし、静香は迷わなかった。過去の楽しい想い出と、有力政治家の娘としての経済的、社会的に恵まれた生活。それらのすべてと比較しても、片瀬との新しい生活が勝《まさ》った。

片瀬直人は、今の静香にとって唯一の救いだった。片瀬なくして安らぎは考えられない。

彼女は追憶にきっぱりと終止符を打ち、門に向かって歩み始めた。

門を出ようとする静香のまえに、男が立ちふさがった。

静香は驚いて目を見開いた。

その表情が、絶望に変わっていく。静香は、スポーツバッグをかたく握り締めた。

服部義貞は、冷やかに静香を見つめていた。

「どこへ行くのだね」

彼は無表情に言った。静香は俯《うつむ》いたまま答えた。

「しばらく旅行しようと思います」

「気晴らしというわけか」

「はい」

「ひとり旅かね」

「そうです」

「おまえをその旅行に出すわけにはいかないんだよ」

静香は、毅然《きぜん》と顔を上げた。

「もう、おじさまたちの言いなりに動くことはできません。私は行きます」

静香は歩き出した。

だが、すぐに彼女は立ち止まらねばならなかった。三人の紺色のスーツの男たちが、遠巻きに彼女を取り囲んでいた。

義貞は、静香に背を向けたまま言った。

「静香……。おまえも、よほど考えてのことだろうが、この旅だけは許すわけにはいかない」

静香は何も言わなかった。

「荒服部の王とともにインドへ逃げるなど、服部家として見逃すことはできないんだ」

「やはり、松永さんが話したのですね」

義貞は静かに振り返って彼女を見た。静香は蒼白《そうはく》な顔で、地面を睨《にら》んでいた。

「お嬢さま……」

玄関のドアが開き、家政婦のひかえめな声がした。話し声を聞きつけて、出て来たのだった。

義貞は、家政婦に向かって言った。

「静香はしばらく服部の屋敷に泊まることになる。夕子に、そう伝えてくれ」


約束の時間を三十分過ぎた。午後三時三十分。

箱崎の東京シティ・エアターミナルの片瀬も、ジーパンにデイパックという軽装だった。

彼は苛立《いらだ》ち、不安を感じていた。

ふたりが乗り込む便の搭乗手続きはもう始まっていた。パック旅行に旅立つ若者たちや、海外の家族連れの笑顔が片瀬のまえを通り過ぎて行く。片瀬は注意深くあたりに目を配った。

英字新聞を広げる白人ビジネスマンに混じって、彼をさりげなく監視している男たちが少なくとも三人いた。

見張りが何人いようとも、インドに旅立ってしまえば、敵は手も足も出なくなると片瀬は考えていた。彼にとって、バクワン・タゴールは、それくらいに信頼と親近感のもてる人物だった。

片瀬は三人の見張りに気を配りながら、黄色い公衆電話に向かった。

苛立ちは抗《あらが》いがたかった。

片瀬は、水島静香の電話番号をダイヤルした。

聞き覚えのある家政婦の声が電話口に出た。

「片瀬と申しますが、静香さんは……」

「出かけておりますが」

「どちらへお出かけか、おわかりでしょうか」

「親戚《しんせき》の家へ行っております」

片瀬の不安は増した。

「ご親戚……。もしかして、服部家のかたがごいっしょじゃありませんか」

「ええ……」

家政婦の声はわずかに怪訝《けげん》そうな響きに変わった。

「さきほど、服部のかたがみえて、お嬢さまを連れて……」

礼を言って電話を切った。

片瀬は、最悪の事態であることを知った。

彼は唇をかみしめ、自分の計算の甘さを心のなかで罵《ののし》った。

敗北感に打ちひしがれていた。心の張りが崩れ落ちそうになる。しかし、彼はそれを必死に食い止めた。今から何をすべきか、何ができるかを考えることで、失われかけた自制心を取りもどそうとした。

行動を起こすまでに、わずかの間があっただけだった。

彼は搭乗手続きのカウンターに背を向け、ターミナルを後にした。

まっすぐに東京駅へ向かうつもりだった。

三人の見張りが、同時に動き始めた。ひとりが電話に向かい、ふたりが尾行を開始した。

見張りが何者であろうと相手にするつもりはなかった。胸の奥でくすぶり始めた怒りが、片瀬を大胆にさせていた。——尾行をまいたところで、自分の足取りはすぐ捉《とら》えられるだろう——片瀬はそう考えた。

これから行く場所はひとつしかない。

両親、祖父、高田教授……。これ以上、大切な人間を失うことはできないと、彼は固く心に誓った。

彼は初めて、服部との積極的な戦いの姿勢を自覚していた。

東京駅に向かう片瀬を見つめる第四の尾行者がいた。服部忠明は、尾行を中止し、羽田空港へ、用意していた車を向かわせた。片瀬より先に、屋敷へ帰り着くつもりだった。

公邸の執務室で、首相は自分が就任するときに掛け替えさせた十号の絵を眺めるとはなしに眺めながら、下条を迎えた。

青い背景に、鉄錆《てつさび》のように赤い絵の具を載せて三頭の馬が描かれている。下条も、直立したまま、しばらくその絵を眺めていた。

「どこまでやるつもりだね」

首相は、絵に目をやったまま言った。

「は……?」

下条は首相の表情を読み取ろうとした。それは無駄な努力だった。

「京都で、何やらきな臭い動きがあるそうじゃないか」

「はい」

「国内で戦争でも始めようというのかね」

「とんでもない。総理、我々はお約束したことを実行しようとしているだけです。服部のことは、この機にけりをつけてごらんにいれます」

首相はゆっくりと視線を下条に移した。

「服部を見くびってはいけない。君は服部宗十郎の力を過小評価しているようだ。彼はこの私が握っている実権までをも利用することができるのだ。総理大臣である私が、直接命令を下さなければ、動かすことのできない事柄がいくつかある。彼はからめ手で私の意志とは関《かか》わりなしに、その命令系統を動かすことができる。これは信じがたいことだ。そして、国民に決して知られてはいけない事実だ」

「何をおっしゃりたいのか、よくわかりませんが……」

「私はこれ以上のことは言えん。この私が、君たちと服部家の謀略戦に首を突っ込むわけにはいかんのだ。また、君に情報を流すという形で、服部家に敵対する立場に立つこともできん。ただ、これだけは言っておく。京都の現状は危険だ。君たちが府警を動かしたのと同様に、服部も何らかの手を打ってくると君は思わんのかね」

「充分に考えられることですね」

下条は首相を見つめた。

「それがわかってくれればけっこうだ」

「総理は、その情報をどこかのルートから手に入れられましたね。だが、それを、私にお話しにはなられない」

「君も情報のやり取りでメシを食っている人間だ。よくわかっているだろう。たったひとつの情報を洩《も》らしたがために命取りになることだってあるんだ。私はここで君に話すことのできない情報を握っている。同時に、服部家に話すことのできない君たちからの情報もつかんでいる。私はそういう立場を守り通さねばならないんだ」

「よくわかります」

「いいか、警告しておく。服部の力を決して見くびるな」

「心得ました」

「話はそれだけだ。以後、ことが解決するまで、私は君との接触を一切絶つ」

下条は、一礼してくるりと背を向けた。ドアに向かい、下条の手がノブにかかる。

「下条君……」

感慨深げな首相の声を、下条は背中で聞いた。彼は振り返った。

首相の口調は静かなものに変わっていた。

「前にも言ったが、わが国は、経済、軍事両面で積極的に国際社会の一翼をになわなければならないところに来ておる」

「は……」

「これからの課題は、対外的なものになっていかざるを得ない。そういうときに、はるか過去の亡霊にびくびくしているわけにはいかん。化け物は退治するに越したことはないんだがな……」

下条は頷《うなず》いた。

「退治してごらんにいれましょう」

首相は大きく背をそらしてくつろいだ姿勢をとった。

「君が望んでいることは、私には、だいたい察しがついている。もし君が約束を果たしてくれたら、私も君のことは考えてみようじゃないか」

下条は、無言で首相を見つめ、一礼した。

下条が席にもどるのを、陣内が待ちうけていた。

「尾行をしていた人間から連絡が入っています。片瀬直人が、インド行きを中止した模様です」

陣内は、下条が腰を降ろすのも待たずに話し出した。

「箱崎ターミナルで、水島静香と待ち合わせていたらしいのですが、水島静香は現れませんでした」

「何が起こったのだ？」

「水島静香は、服部義貞とともに笠置《かさぎ》山の屋敷に向かいました。片瀬直人もそれを知ったらしく、下りの東海道新幹線に乗り込みました」

「ふたりのインド行きは、服部義貞によって阻止されたのだな」

「そうです。そして、服部のもとに松永丈太郎、水島静香、片瀬直人のすべてが集まりつつあります」

「服部のもとに駒《こま》がそろうというわけだな。服部宗十郎が宝剣を手にするのは時間の問題となった」

「そのとおりです。こうなったら、我々の取る手段はひとつしかありません。実力行使です」

下条は頷いてから、深く考え込む様子を見せた。

「ひとつ、気になることがあるんだが……」

「何でしょう」

「我々が府警を動かしたのと同様に、服部も何か手を打っているらしい。何か情報をつかんでいないかね」

「いいえ、何ひとつ……」

「当然、服部も武装していると考えるべきだろう」

「警察の装備にかなうはずはありません。服部の屋敷を孤立させてしまえば、彼らはささやかな抵抗しかできないはずです。武力、組織ともに府警のほうが圧倒的に勝っています」

「重要な点を見逃してはいないかね。例えば、わが国は無法の戦闘地帯ではない。大がかりな実力行使をしたとなると、どんなことをしたって報道機関の目を逃れることはできない」

「テロ計画の未然の鎮圧」

陣内は落ち着き払って答えた。

「今回の京都府警の行動は、それ以外の何ものでもありません。我々のあるグループが、綿密なシナリオを用意してあります。この計画にごくわずかでもタッチする人間は、すべてそのシナリオにそって動くことになります。本当のことを知っているのは、我々調査室のごく限られた人間だけです。どこからマスコミに情報が洩れたとしても、彼らはそのシナリオに記されていることしか知ることはできないのです」

「警察隊が取り囲んでいるのが、服部宗十郎の屋敷であることは、報道関係者には知れてしまうだろう。それでも、テロ・グループ鎮圧のための出動と言い張る気かね」

「シナリオでは、服部一家はテロの第一の犠牲者ということになっています。わが幻のテロ・グループたちは、政界の実力者服部宗十郎を血祭りに上げようとした……。現場では、敵の武装を理由に一キロ以内にいかなる報道機関も近づけない手はずになっています。また、計画は短時間のうちに遂行され、治安維持を理由にすべてが秘密行動ということになります」

「一度聞いてみたいと思っていたんだ。どうして君はいつもそう自信たっぷりなのかとね」

「以前にも申しました。私は悲観論の虜《とりこ》にだけはなるまいとしていると」

「それは君の実績に裏付けられている。言うまでもないことだが、私は君を信頼しているんだ。今回も、その信頼を裏切らないようにしてもらいたいものだ」

「努力いたします。私は、すぐに笠置へ飛ばねばなりません。日が落ちてしまうと、ヘリコプターは照明設備のあるところへしか降りられない決まりになっておりますので」

下条は頷きかけて、一瞬考えた。

「よろしい。私も現場へ出かけることにしよう。総理との約束はこの手で果たしたい」

彼は、若返ったように颯爽《さっそう》と立ち上がった。

25

静香は、離れの六畳間に通された。日が暮れて、部屋は暗かった。幼い頃から見慣れたたたずまいだったが、今はまったく別のものに見えた。

義貞は、開いた障子の外に立っていた。

「ここでしばらく休んでいなさい。あとで食事を運ばせる。話はそれからだ」

「私をどうするつもりですか」

「何を言ってるんだね」

「ここで私を殺すつもりですね」

「ばかなことを言うんじゃない。誰《だれ》がそんなことを考えるものか」

「おじさまたちは、高田先生や松永さんを殺しました。私も、服部家の裏切り者です。生かしておくわけにはいかないはずです」

「勘違いもいいところだ、静香。おまえは今、取り乱している。この間《かん》いろいろなことがおまえの身に起きた。ここへ来てもらったのは、落ち着いて考えてもらうためだ。いいか、高田先生は心臓発作で亡くなられた。新聞にもそう出ていたはずだ。そして、松永君には、仕事の話をするためにここに来てもらったのだ。彼が死んだなどと、とんでもないことは言わんでほしい。彼はぴんぴんしている。ただ、多少非協力的なので、地下室にいてもらっているがね」

「いつもおじさまたちは、そうやって私に嘘《うそ》をついてきました。でも、私にはわかってしまったんです。何が私のまわりで起こっているのか……。私もばかではありません。おじさまのおっしゃることをそのまま信じるほど子供ではありません」

「冷静になりなさい、静香。そうすれば私たちにとって何が大切なことかが見えてくるはずだ」

「松永さんに会わせてください」

「何だって……?」

「松永さんに会いたいと言ったのです」

「会ってどうする気だ」

「この目で確かめたいのです。本当に松永さんが生きているのか」

「彼は元気だ」

「会わせてください」

「ふん。会いたければ、地下室に行くがいい。おまえは監禁されているわけじゃないんだ。まして、おまえはこの家の縁者だ。好きなときに、好きなところへ行ける」

静香はバッグを部屋に置き、廊下へ向かおうとした。

廊下であわただしい足音が聞こえた。義貞は、振り向いた。若い男の声がする。

「義貞さま。忠明さまがお帰りになりました」

厳しい表情で義貞は頷いた。

「わかった。母屋《おもや》の八畳間で待つように伝えてくれ。すぐに行く」

若い男は、来たときと同様に、急ぎ足で去って行った。

静香は言った。

「私は地下室へ行ってまいります」

「好きにするがいい」

義貞は、薄暗がりのなかで強情な姪《めい》を見つめた。

「だが、自由に振る舞えるのはこの屋敷のなかだけだ。決して外へは出ないように。私たちに面倒をかけないでほしい。わかったな」

静香は返事をせず、義貞に背を向けた。

松永は、冷たい地下室で膝《ひざ》をかかえ、希望の火が消えようとするのを必死で防いでいた。

用足しに出るときも、ふたり以上の監視つきだった。

ふたりを倒すのは不可能ではないが、二十一人の武芸者が屋敷中をうろうろしているのを松永は知っていた。彼らに追いたてられては、逃げのびるのは絶望的だった。

枯れ木を踏む音がした。

彼は、頭上の明かり取りを見上げた。

外は暗かった。

正方形に石をすっぽり抜き取った形の窓から、四本の足が見えた。ふたりの男が、短い言葉のやり取りをしている。

何を話しているかは聞き取れなかったが、松永は、その口調から統率された規律を感じ取った。

松永は立ち上がって耳を澄ました。視線の位置が高くなると、地下室の薄明かりに照らされたふたりの靴が見えた。

ふたりは、まったく同じ形の編み上げの不恰好《ぶかっこう》で頑丈そうなブーツをはいていた。第三の男の声がして、ふたりは足並みをそろえて駆けて行った。松永は、彼らの正体を知ることはできなかった。

鍵《かぎ》のあく金属音が響いた。

松永は振り返った。彼は音に過敏になっていた。きしみを上げて扉が開く。見張りの若い男が入って来た。

「何だ」

松永は言った。

「メシにはまだ間があるぜ。食前酒のサービスならシェリーをもらおうか」

男は何も答えず、道をあけた。そこに静香が姿を現した。松永は暗い裸電球が、一瞬輝きを増したように感じた。

「これはこれは……」

松永は眉根《まゆね》を寄せた。

「お姫さまが、私のようにいやしい者のところへ、どのようなご用で……」

静香は監視の男に言った。

「しばらくふたりでお話をします」

若い男は一礼して姿を消し、扉を固く閉ざした。

「どうしてこんなところにいるんだ」

松永は、静香の視線にわずかにうろたえながら尋ねた。

「おじに連れて来られました。インドへ旅立とうとしているところにおじが現れて……」

「そうか……」

「あなたが話したのですね」

松永は苦々しい表情を作って頷いた。

「どうして私たちがインドへ行くことがわかったのですか」

「片瀬の態度から、あいつが何かを計画しているというのはすぐにわかった。考えられることはそう多くはなかった。俺は、旅行代理店の者といつわって、あちらこちらの航空会社に電話をした。チケットの手配の確認をしたいと言ってな。そして、インド航空で、片瀬とあんたがインド行きの航空券を予約していることをつきとめた」

「私は、すべてを捨てて、片瀬さんといっしょに行くつもりでした」

「……恨んでいるだろうな」

静香は視線を落とした。

「ひとときは恨みました。でも今は……。しかたのないことと思っています。話さなければ、あなたは殺されていたでしょう。ご無事で本当によかった」

松永は驚いた。

「あんたが俺の身を案じてくれるとは思わなかったぜ」

「服部のためにこれ以上人が死ぬのはたくさんです。あなたは知っているのでしょう。高田先生の死因は心臓発作なんかじゃないって……」

「ああ……。あんたには酷かもしれないが、十中八九間違いない。あんたのおじさんたちのしわざだ」

「私は、あなたを恨んでなどいません。私はこの体に流れる血を呪《のろ》っているのです」

「あの義貞の身内に、あんたみたいな人がいるとはな……」

「私はもう生きる望みをなくしました。このいまわしい血をひきずって生きていくことはもうできません」

松永には言葉がなかった。

「こういうときが来るのを、私は待っていたのかもしれません。服部家の正体を初めて知った日から。片瀬さんのそばにいる瞬間だけが、満たされたときでした。私は、スパイという立場もいつしか忘れていました。しかし、服部がそれを許すはずはありません」

俯いていた松永は、ゆっくりと顔を上げて言った。

「センチメンタルな話はそこまでだ」

彼の眼差《まなざ》しは決然としていた。

「俺の言うことになんて耳を貸したくもないだろう。だが、信じてくれ。俺はあんたたちふたりに手助けをしたいんだ」

静香は理解しかねるような表情で松永を見つめた。

「あなたのなさったことを考えると、とてもそうは思えません」

「聞いてくれ。確かに俺は服部に雇われて、やつらに情報を渡した。それは金のためであり、あるときは、この俺の命を守るためだった。俺は依頼された仕事をやり遂げなければならなかった。あんたと片瀬の間に何があるのか、あんたたちふたりが何を考えているのかなんて知りもしなかった。知る必要もなかったんだ。だが、俺はそれを知ってしまった。もちろん、知らんふりをしてそのままこの一件から手を引くこともできた。むしろ、そうすることが当たりまえだったんだ。だが、俺にはそれができなかった。目をつぶっていられなくなったんだ。信じられないと言われて当然だ。俺自身ですらこんな気持ちになるとは思ってもいなかった。今、俺は金とはまったく無縁の義務感を持っている。それは、あんたたちふたりを何とか生き延びさせなければならないという義務感だ。あんたたちをここまで追い込んだ責任の一端は俺にあるんだからな」

「本当にそうお考えなら、私たちを黙ってインドへ行かせてくれればよかったのです」

「俺なりの考えがあってのことだ。まず第一に、俺自身が生き延びなければならなかった。そのためには、服部が食いつくような情報を投げてやる必要があった。あんたたちふたりだけじゃとても逃げおおせないと俺は読んでいたんだ」

「片瀬さんは誰もかなわぬほどの技を持っています。それにインドへ行けばバクワン・タゴールという師《グル》が私たちを助けてくれるはずでした」

「あんたたちは、多分バクワン・タゴールのもとへたどり着けなかっただろう。あんたたちの旅行を邪魔しようとしているのは服部だけじゃない。あんたを誘拐《ゆうかい》した連中。彼らも片瀬とあんたを追い回していたんだ。当然、彼らは空港で張り込んでいただろう。そして、片瀬とあんたがそろったところで、あらゆる手を使って束縛しようとしただろう。その手を逃れたとしても、その連中や服部の人間はインドまであんたたちを追って行く。さらに言えば、バクワン・タゴールがふたりを助けていっしょに敵と戦ってくれるという保証は何もない」

「私を誘拐した人たちというのは、いったい何者なのですか」

「政府の人間だ」

「政府の……?」

「そうだ。あんたたちは、服部と政府というふたつの巨大な力の間にはさまれてしまっているんだ。片瀬は確かに桁外《けたはず》れに強い。だが、服部と政府の両方から逃れるためには、単に強いだけじゃだめなんだ。俺は、政府側と服部側の両方の情報に通じている。今のあんたたちには、俺の持つ情報が必要なんだ」

らないのだ。

静香は戸惑いをあらわに松永を見つめていた。松永の言葉をどう判断していいかわか

「さらに俺は考えた。ふたりでインドへ渡った後のこともな。インドの片すみで、服部の追っ手におびえながら暮らしていくのが本当に幸せかどうか……。バクワン・タゴールのもとで暮らすのもいい。だが、いずれは日本へもどりたくなるはずだ。そのためにはけりをつける必要があるんだ。服部と荒服部の間にどういう形であれ、結論を出しておかねばならないんだ」

「あなたは、この血脈のことをまだよくご存知《ぞんじ》じゃないようです。服部と荒服部の間に話し合いが成立するはずがないのです」

「だったら、方法はひとつだ。服部を倒すしかない」

静香は両手で顔を覆った。

「もういいんです。すべては手遅れです。私はここで死を待ちます」

「あんたはまだ死ぬことなどできないはずだ」

「死ぬことはできない……？」

「そうだ。あんたが失踪《しっそう》したことをもう片瀬は知っているはずだ。彼は、まっすぐにこの屋敷にやってくる。俺のささやかな全財産を賭《か》けてもいい。そして、あんたは片瀬と会う。会って、彼に渡すものがあるはずだ」

「何を……?」

「忘れちゃいけない。秦氏《はた》の宝剣さ」

静香が蒼《あお》ざめているのが、暗い電灯の下でもよくわかった。

「あんたが、片瀬から宝剣をあずかっているはずだ」

静香は、両手を合わせて固く握りしめた。

「それを……」

彼女は衝撃を押して辛うじて声を出した。

「そのことを、おじたちは……」

「心配するな。そいつは俺の切り札だった。一言もしゃべっちゃいない」

静香は安心した様子を見せた。

「あらためて、あんたの決心と立場を確認させてくれ。あんたが、宝剣のありかを義貞に教えないということが、どういうことなのか、自分でよくわかっているんだろうな」

「宝剣は、片瀬さんからあずかったものです。あれは片瀬さんのものです」

「よし、決まった。あんたは服部ではなく荒服部の側に立ったことになる」

静香は何も言わなかったが、悲しみの混じった眼の輝きが、松永の言葉を肯定していた。松永は、この若い娘がどんな思いを胸に満たしているかを一瞬だけ思いやった。

「俺の立場もはっきりさせておこう。俺も片瀬の側に付く」

静香は眼を伏せた。

松永は、じっと彼女の言葉を待った。やがて、彼女は視線を上げて、松永の眼を見つめた。

「私は片瀬さんから多くのことを学びました。他人を信じることの大切さもそのひとつです。片瀬さんは、たとえ自分の損になるようなことがあっても他人を信じようとする人です。強い理性を持ち続けていれば裏切られることはこわくないと彼は言っていました。信じようとする努力は、自分を強めることだとも言いました」

松永もじっと静香の瞳《ひとみ》を見つめ返した。彼は正面から彼女の言葉を受け止めようとしていた。久しく忘れていた態度だった。

静香はおだやかに、しかし決意をこめて言った。

「あなたを信じてみることにします」

松永は力強く頷いた。

彼は晴れやかな気分を一瞬感じた。本心を語り、それを相手に受け入れてもらえることの快さは、今の松永には新鮮ですらあった。

「だったら、やることはひとつだ」

松永は声を落として言った。

「手を組もう。ここから抜け出すんだ」

「この屋敷から？」

「そうだ。俺ひとりじゃとてもここから出られない。あんたひとりでも無理だろう。だがふたりなら、可能性はぐっと高くなる」

「どうやって……」

「そいつはこれから考えるさ。いいか、頭をつかうんだ。チャンスはきっとやってくる」

「片瀬さん……」

彼女は呟くように言った。

「そうだわ。今、逃げ出したら、片瀬さんにあの宝剣を手渡すことができなくなってしまうわ」

「ここにつかまっていたって同じことだ。まさかあんたは、ここで片瀬といっしょに茶飲み話ができると思ってるんじゃないだろうな。そうだとしたら、そんな考えは捨てちまうことだ。宝剣を持ってとにかく逃げ出すんだ。そのほうが片瀬と会える機会はよっぽど多いはずだ」

「本当に片瀬さんと会えるよう協力してくれるのですね」

「誓ってもいい」

「わかりました。これから私はどうすればいいのでしょう」

「あんたはどの程度の自由が利くんだ？」

「この邸内だけは自由に歩き回れます」

「よし、まず、屋敷の様子を詳しく調べてくれ。そして、もう一度ここへ来るんだ。そのときに宝剣を持って来るのを忘れずにな。そうしたら俺は……」

松永の言葉は鉄のドアが開く音で中断した。

見張りの若い男が顔を出し、静香に向かって言った。

「お嬢さま。大急ぎでお部屋におもどりください」

その男は妙に落ち着きを欠いていた。

「まだ、お話は終わっていません。外に出ていてください」

「しかし……」

男はうろたえた。

「義貞さまのご命令です。危険だから、お部屋から外へお出にならぬようにとの……」

「危険……ですって?」

開いたドアの向こうから、かすかにあわただしい足音や言葉のやりとりが聞こえてきた。

松永には何が起こりつつあるのかわかるはずもなかった。しかし、それは彼が待ち望んでいた、かすかな幸運の兆候だった。

26

「屋敷が囲まれているだと？」

義貞は報告に来た男を睨みつけた。

「いったい何者が……」

警護の若者は、度を失っている。

「わかりません。暗いうえに、離れているので……。林のなかで、じっとこちらをうかがっているようです」

「数は？」

「はっきりしませんが、五十……いや百人近くはいるのではないかと……」

義貞は忠明と顔を見合わせた。

「うろたえるな。こちらも手勢はそろえてある。奥の間の警護を倍に増やせ。何人か外に回して、警護を固めるように言え」

若い男は一礼して去った。

「下条か……。下条泰彦が百人もの人間を……」

義貞は、忠明に眼を移した。

「それに加えて、荒服部の王もこちらに向かっている……」

忠明は頷いた。

「手を打っておいてよかった。こちらの態勢は、おそらく下条の予想の上を行くだろう」

義貞は落ち着き払って言った。


屋敷は、ブナとモミが深くおい茂る原生林で囲まれている。

警官隊は、約二十名ずつの班に分かれてその林のなかに集結し、三百メートルの距離をおいて、屋敷の四方を固めていた。

さらに、スターライト・スコープを装備した十名からなる狙撃《そげき》隊が、思いおもいの位置に散って陣取っていた。

西の班の百メートル後方に、細い山道があり、白と黒に塗り分けられたマイクロバスが駐車している。無線機を搭載したこの車が前線基地となっていた。

下条と陣内はマイクロバスのなかで、警官隊の指揮を取っている坂田《さかた》警部補に、現状の説明を受けた。肩幅が広く、角ばった顔が頑固そうな印象を与える制服姿の警部補の説明は、簡潔で手際よかった。

車の奥では、次々と入る空電混じりの無線の報告に、機動隊の制服を着た二十三、四歳の警官がてきぱきと受け答えしていた。

「よろしい」

陣内は頷いた。

「しばらくそのままで待機してくれ」

「わかりました。ですが、ひとつ、いいですか」

坂田警部補は挑むような眼をした。

「何だね」

陣内はおだやかに見返した。

「その……つまり、これは何ごとなのですか」

坂田警部補は、無線機にかじりついている若い警官のほうをうかがいながら声を落として尋ねた。

「服部宗十郎の屋敷が、テロ集団に占拠されている。警察庁に声明文が届いたのだ」

坂田警部補は頷いた。

「犯人は、極東解放機構〝青い狼《おおかみ》〟と名乗る武装集団……。そのことはよく心得ています。しかし、本官は二十三年間、警官をやっておりますがこんなことは初めてです。地方警察が直接国家警察の指揮下に入るなどと……」

「忘れんでくれたまえ」

陣内は言った。

「我々は府警に命令をしているわけではない。詳しい情報を得ている我々が、君たちに情報を提供し、さらに君たちの協力を要請しているのだ」

「しかし、ここまではあなたたちのやりかたでやってきました」

「現場では、どうすればいいかを最もよく心得ている人間が先頭に立つ。それは当然のことではないかね」

「本官は、何も苦情を申し立てているわけではありません。ただ、多少面食らっているのです。通常我々は、何らかの通報があってから行動を起こします。今回は、一切、何の通知もなかった……」

「人里離れた山のなかにある政治的有力者の屋敷……。占拠してしまえば、通報できる者はひとりもいなくなる」

坂田は何か言いかけて、言葉を呑み込み、曖昧《あいまい》に頷いた。

「まだ何か言いたいことがあるのかね」

陣内は強い口調で言った。

「いいえ」

坂田警部補は、かぶりを振り力なく言った。

「さあ、次に何をしたらいいのか言ってください」

片瀬は闇《やみ》のなかで気配を絶ち、木々の間の人の動きを見つめていた。

彼は荒服部の力を、最大限に発揮し始めていた。ごく限られた才能の持ち主だけが、厳しい修練を経てはじめて身につけられる、〝忍び〟の技術。荒服部の血は、すぐれた忍びの技術を片瀬に与えていた。

片瀬の足取りは、猫よりも軽く、眼は墨を流したような闇を、苦もなく見すかすことができた。

片瀬はゆっくりと、しかも着実に服部の屋敷に近づいて行った。

彼は、林のなかで隊列を組んでいる人間たちの約五十メートル手前まで近づいた。じっと眼をこらす。彼らの出立《いでた》ちがよく見て取れた。

片瀬は、彼らが防具に身を固めた警察の機動隊であることを知り驚いた。

どういうことなのか、いくら考えてもわからなかった。

彼はぴたりと動きを止めた。

一刻も早く静香を救出したかった。しかし、機動隊が行く手を阻んでいる。彼は、はやる心をおさえて、しばらく様子を見ることにした。

「機動隊を十メートル前進させてくれ」

陣内は、屋敷の見取り図を睨みながら、坂田警部補に言った。坂田は無線機のマイクを握っている機動隊員に頷きかけ、陣内の言葉をそのまま命じた。

「その場で待機」

陣内は眼を上げずに言った。坂田は、無線係にそれを伝えてから、陣内と下条のほうを向いた。

「警告の義務が……」

彼は言った。陣内は顔を上げた。

「我々には警告の義務があります。犯人に投降するよう、呼びかけなければなりません」

「もう少し待ってくれ」

陣内は、再び見取り図に目を落とした。

「敵の出かたがまだわからない」

「我々は戦争をしているわけではありません。犯人逮捕が目的なのです」

「戦争？　そうだな。今夜のところはそういう気持ちでいてくれたほうがいい。とにかく、警告はしばらく待っていただく」

坂田は陣内から目をそらし、車窓の外の闇を見つめた。わずかだがその眼に困惑の色があった。

下条は、陣内の肩を軽く叩いた。陣内が目を上げると、彼は顎で車の外へ出るように命じた。

車の外には制服警官がふたり立っていた。下条は、マイクロバスをぐるりと回り、警官たちに声のとどかぬ位置まで来て、陣内に言った。

「警官隊は私兵ではない」

陣内はおだやかに頷いた。

「わかっています」

「いくら警官隊をそろえたところで、我々の目的が果たせるとは思えない。それと、もうひとつ。架空のテロリスト集団をでっち上げたところで、すぐにそれがでたらめであることはばれてしまうだろう」

「本当にテロ集団が存在しないとお思いですか」

「どういうことだ」

「警官たちには、少なくとも半年分の興奮を味わってもらうことになるでしょう」

「要点を言いたまえ」

「室長の示されたふたつの問題点は、充分に検討し尽くされております。警官隊は、服部に対する威嚇《いかく》であると同時にカムフラージュでもあります」

「威嚇と同時にカムフラージュ……？」

「警官隊のなかに十名の我々の工作部隊がもぐり込んでいます。各地から集められ組織された警官隊ですから、お互いに顔を知らない者がいても不思議はありません。しかもこの暗闇です。わが工作部隊の潜入は何の苦労もいりませんでした。そして、彼らはある時点から、闇に乗じて過激派のテロリストに早変わりします。彼らは百八十度向き直り、闇のなかから警官隊に向けて発砲します。私は、警官隊の発砲をうながします。一帯は一時的に混乱するでしょう。工作部隊の一部は、さらに混乱を助長するために屋敷に火をかけます。騒ぎのなかで、わが精鋭部隊は最終目的を果たしてくれるでしょう」

「最終目的……？」

「服部宗十郎、義貞、忠明を葬り去るのです。彼らは今や丸腰です。絶大の権力も、孤立した状態では発揮することはできません」

「しかし……。それは今まで、誰も果たし得なかったことだ」

「誰もやろうとしなかっただけのことです。片瀬直人のおかげで、服部は我々の動きに対処する余裕がなかった。それも、我々にとっては有利な点でした」

下条は、闇に浮かんだ陣内の顔を無言でしばらく見つめていた。

「我々は警察とは別の周波数帯で連絡を取り合います」

陣内はポケットから煙草《たばこ》の箱ほどの小さなトランシーバーを取り出し、イヤホンを耳に付けて見せた。

「これで、服部家の人間は宝剣を永遠に手にすることはできなくなります。永遠にね」

下条は、闇が満たしている木々の間をすかし見た。

彼はかすかな不安を感じていた。服部義貞は何を用意して待ちかまえているのか――懸念が頭を離れようとしなかった。

27

見張りに付きそわれて離れにもどった静香は、屋敷内にほとんど人影が見あたらないのに気付いた。

ふたりいた静香の監視もひとりに減っていた。障子を閉めようとするただひとりの見張りの者に静香は尋ねた。

「何があったのです」

監視の者は、下を向いたまま答えた。

「わかりません。……が、義貞さまが奥の間の警護を倍に増やすようにと言われまして……」

「おじいさまの警護を倍に？」

「この屋敷は百人ほどの人間に囲まれているのです」

「いったい、どこの人間が……」

「わかりません」

静香は、胸が高鳴るのを意識した。

「詳しく事情を聞いて来てください」

「しかし……」

若者は顔を上げ、また気まずそうに頭を下げた。

「義貞さまに、お嬢さまのもとを絶対に離れるなと言いつけられております。お嬢さまに万一のことがあってはならないと……」

「私はだいじょうぶです」

静香はきびしく言った。

「このままでは不安でいられません。何が起こっているのかを聞いていらっしゃい」

「ですが……」

「私がここから逃げ出すとでも思っているのですか。心配することはありません。私はどこへも行けません。正体のわからぬ人間たちがこの屋敷を取り囲んでいるとなればなおさらです。早くなさい」

監視の若者は、わずかな躊躇《ちゆうちよ》の間をおいてから一礼した。

「わかりました」

若者は母屋のほうへ駆け出した。

静香はスポーツバッグを持ち、そっと廊下をうかがった。

まったく人の気配はなかった。庭にも人影はない。

静香はバッグをかかえると、離れを抜け出した。そのまま地下室へ向かう。地下室の鉄のドアのまえにはふたりの見張りがいた。ふたりは静香の姿を見ると同時に立ち上がった。

ドアの右側に立つ男が声をかけた。

「お嬢さま。どうなさったんです?」

静香は、はげしい鼓動をおさえ、なにくわぬ声を作って言った。

「言い忘れたことがあったので、もどって来ました。もう一度、松永さんに会わせてください」

男は言われたとおりに鍵をあけた。静香が地下室へ入ろうとすると、彼は言った。

「荷物を……」

静香は振り返った。

「荷物をおあずかりします。そいつを持ち込まれちゃ困りますんで」

静香はバッグを男に手渡さざるを得なかった。

「どうしてこんな荷物をお持ちなのですか」

男は何気なく尋ねたが、静香は心臓に氷を押しつけられたような気がした。

「母屋に置いてあったそのバッグを、離れに運ぶ途中にここに寄ったのです」

男は関心なげに頷いて、ドアをあけるのに手を貸した。

松永は、部屋の中央に立って腕組みしていた。

「早かったな」

鉄のドアが閉じられるのを待って、彼は言った。

「今、屋敷内の見張りは手薄になっています」

「何かあったのか」

「この屋敷を、百人ほどで何者かが囲んでいるそうです」

「内閣調査室の下条だな……。宝剣の争奪戦に負けたと早とちりして実力行使に出たというわけだ」

「内閣調査室……?」

「話はあとだ。宝剣はどこだ?」

「外の見張りにあずけたバッグのなかに……」

「よし」

松永は力強く頷いた。

「頭を使う時間は終わった。これからは体操の時間だ。何も考えず、がむしゃらに突破するんだ。ついて来れるな」

「はい」

静香は、両手を固く握り合わせた。

「じゃあ行こうか」

散歩にでも出るような口調で松永は言った。彼はドアのそばに立ち、親指でそのドアを差し示した。

「話は終わったと言うんだ」

静香は鉄の扉の間際まで近づき、声を張り上げた。

「もうけっこうです。ドアをあけてください」

ややあって、鍵のあく音がした。

松永は、静香にドアのまえからどくように手で命じ、呼吸をゆっくりと吐き出していった。

全身の筋肉が緊張していく。

錆《さ》びついた、ちょうつがいのきしみが響く。ドアが開き、見張りのひとりが見えた。引きしぼった弓を放つように、そのドアの隙間《すきま》めがけて、松永の前蹴《まえげ》りが飛んだ。靴のつま先が、見張りの両あばらの間をえぐった。男は壁まで飛んだ。

松永は地下牢《ちかろう》を飛び出し、あっけにとられているもうひとりの男の顔面を拳《こぶし》でとらえた。

のけぞる男の髪をつかんで、手前に引き落とす。

松永は狙いをすまして、その無防備になった首筋のうしろに、容赦ない手刀を叩き込んだ。

人間を一撃で昏倒《こんとう》させるには、頸骨《けいこつ》に衝撃を与えなければならない。頸骨のはげしいゆがみは延髄を刺激する。松永の狙いは正確だった。男は崩れ落ちた。

壁に叩きつけられた男が、腹をおさえ、頭を振りながら立ち上がりかけた。松永は、まっすぐに、掌《てのひら》を差し出した。

松永の手は起き上がったばかりの男の額をとらえ、そのまま頭を石の壁に激突させた。

鈍い音がして男は倒れた。

彼は落ちていた白いスポーツバッグを拾い上げると、ショックを受けて立ち尽くしている静香の二つの腕を強くつかんだ。

「さあ、案内してくれ」

静香は、びくりと身を震わせ、倒れたふたりの男から眼を引き離すと歩き出した。

「こっちよ」

駆け出した松永は、数歩で足を止めた。静香が振り返る。

「どうしたの」

松永は顔を上げ、視線を宙にさまよわせると呟いた。

「銃声だ」

暗がりのなかに響いた、一発の乾いた銃声が、警官隊の静かな興奮を、一気にあおり立てた。視界を閉ざす闇が動揺に拍車をかけた。

機動隊はジュラルミンの楯《たて》を一列に隙間なく並べ、そのうしろで膝《ひざ》を折り姿勢を低くした。

銃を持つ警官の一群は残らず、リボルバーを抜いた。

再び銃声が響く。今度は別々の場所から、三発、続けざまに発砲された。

銃弾はおそろしく正確に木々の間をぬい、ひとりの警官の肩口を貫通した。

警官の悲鳴が、二度めの衝撃を集団にもたらした。

警官隊は反撃を開始した。

まずは、空に向けての威嚇射撃。

空に向けての発砲は威嚇の意味をなさなかった。それに触発されるように、敵の銃撃は本格的になった。

警官隊は銃口を、服部の屋敷の方向へ向けた。敵の姿はまったく見えなかった。

射程距離が短い拳銃の反撃は、未知の武装集団には、何の被害も与えてはいなかった。

下条と陣内はマイクロバスの外で銃撃戦の音を聞いていた。

下条は陣内の顔を何気なく見て言った。彼は、意外な陣内の反応に眉をひそめた。

陣内は驚きの表情を浮かべ、銃声がこだまする森林のほうを見やっていた。

「早過ぎる……」

彼は呟いた。

「こんなに早く銃撃戦が始まるはずはない」

「何だって？」

陣内はわずかにうろたえて、下条を振り返った。

「我々の部隊は、まだ所定の位置についていません」

「じゃあ、警官隊はいったい誰と撃ち合っているというのだね」

「服部が銃で武装していた……」

「服部は暴力団などとは無縁の人間だ。銃を入手するような、非合法手段を取ってしっぽを出すような危険な橋も一切渡らぬ連中だ」

「ですが、明らかに撃ち合っているのは、我々の工作部隊ではありません」

「いったい、何者なんだ」

下条は苛立った声で言った。陣内は、瞬時のうちに、普段の落ち着きを取りもどした。

「誰であろうとこの際、かまいはしません。彼らは我々の仕事に手を貸してくれたことになります」

「作戦は続行するのだな」

陣内は頷いた。

「計画には、状況に応じての多少の変更は付きものです。必ず望みどおりの結果となるでしょう」

陣内はポケットから取り出したトランシーバーのスイッチを入れた。

28

狙撃隊の援護射撃が始まった。彼らの射撃は、服部に劣らず、冷静で正確だった。飛び交う銃弾は立木をけずり、小枝や枯れかけている葉を散らした。

そのなかを、機動隊員はじりじりと前進した。

滝口《たきぐち》巡査は、機動隊に配属されてまだ三カ月と経っていない二十代前半の新米警官だった。

彼はブナの根元にうずくまっている人影を発見した。約五メートル先だった。

彼はジュラルミンの楯に身を隠しながらゆっくりと移動した。

犯人のひとりに違いなかった。うずくまった男は、拳銃ではなく自動小銃を持っていた。六四式七・六二ミリ小銃。日本人の体型に合わせて開発された国産の半自動・全自動両用の銃だ。

用心深く近寄った滝口巡査は、男をつぶさに観察した。まだ息があるらしく、かすかに動きが認められた。

彼は意を決して男のかたわらに膝をついた。素早く銃を取り上げる。抵抗する気配はまったくない。男にはその力が残っていなかった。

すぐそばまで近づいて、滝口巡査は初めてその男が迷彩をほどこした服を身につけていることに気がついた。

男は右脇腹《わきばら》から血を流している。狙撃隊の銃弾がえぐった傷だった。

滝口巡査は、男をあおむけにした。男は低くうめいた。男は徹底した戦闘装備をしていた。ヘルメットに迷彩服、革のブーツに充分な予備弾倉。

若い巡査はふと男の右腕に眼を留めた。その顔に驚きの表情が広がっていった。

彼はよく見ようと、目を近づけたあと、茫然《ぼうぜん》とかぶりを振った。

男の腕には桜を浮き彫りにした小さな金属のマークと、二本のV字形の線が縫いつけられていた。自衛隊一等陸士の階級章だった。

彼は銃弾の危険も忘れて立ち上がると、トランシーバーを持つ仲間の姿を探し求めて駆け出した。

屋敷の北の角を曲がろうとした松永と静香の目のまえに、警護の若者がふたり現れた。ふたりは、静香の姿を見て戸惑いを見せた。

その一瞬をついて松永のフックが続けざまにふたりの顔面をとらえた。ひるんだふたりに前蹴りでとどめを刺す。ふたりが地面に倒れるより早く、松永は静香の手を引いて駆け出していた。

「とにかく、林へ逃げ込むんだ」

銃声は鳴り止もうとはしなかった。

ふたりは身を低くして林のなかを駆けた。やがて、屋敷を包囲している人間たちが見えてきた。松永は前進をやめ、木の根元に片膝をついて、あたりをうかがった。静香も同様に身を低くしている。

「いったいどうなっているんだ」

松永はひとり言のように呟いた。

「わからないわ」

「とにかく、とんでもないところへ出ちまったようだ。ここは戦場のどまんなかだ」

「どうすればいいの？」

「待つしかないな。へたに動くと鉛の弾をご馳走《ちそう》されることになる。撃ち合いというのは、そう長くは続かないものだ」

「服部の屋敷では、もう私たちが逃げ出したことに気がついているはずよ。追っ手が来るわ」

「やつらだってこのなかじゃ動けない。問題は撃ち合っている連中だ。どこのどいつだか知らないが、そいつらに見つからないようにしなければ……」

松永の一メートル先で、銃弾がモミの幹をうがった。彼はぴくりと身をすくめ、静香の肩に手を置いた。

「伏せているんだ」

言って自分も地面に腹ばいになった。

松永の頭のなかには、不思議と恐怖感はなかった。境遇があまりに現実感を欠いていることもあったが、何より、生き延びてやるという強固な思いが胸いっぱいに満ちていた。

さらに、静香を片瀬のもとに無事送りとどけなければならないという義務感が彼の心を支えていた。

まばらな銃声の間をついて、すぐそばでかすかな物音がした。松永は鋭く振り向いた。

何者かが枯れ葉と下草を踏む音だった。

トランシーバーから聞こえた、あわてふためいた報告に、マイクロバスのなかは凍り付いたように静かになった。

坂田警部補は、無線係からマイクを取り上げて怒鳴り返した。

「もう一度言え！」

ノイズに続いて、無線独特の金属的な声が響いた。

「我々がいま撃ち合っている相手は陸上自衛隊です。繰り返します。犯人グループと思われていた集団は陸上自衛隊です」

マイクを持った坂田の手がゆっくりと下がっていった。

彼は陣内と下条を交互に厳しく見つめた。

「こりゃいったい、どういうことですか」

陣内は茫然としていた。

「ばかな……」

彼は口のなかで呟くように言った。

「自衛隊だと……？」

坂田から目をそらし、陣内は下条に言った。

「自衛隊の出動のためには、総理大臣が衆・参両院の承認を得なければなりません。緊急の場合でも、事後、国会の承認が必要です。総理が……、まさか……」

下条は陣内の目を見なかった。

「総理のお考えではない。これが服部宗十郎の力なのだ。おそらくは、出動ではなく演習という名目で行動しているのだろう」

下条は首相の言葉を思い出していた。彼の眼はやりどころのない怒りのために、薄暗がりのなかで光り輝いていた。

下条は、決然と坂田警部補に目を向けた。彼は歯がみしながら言った。

「撤退だ。すぐさま射撃をやめさせてくれ。こちらの身分を伝え、事態の収拾を呼びかけるのだ」

坂田は怨《うら》みがましい視線を残して背を向け、指令を無線係に伝えた。

陣内が何か言おうとした。

そのとき、鈍い爆発音が空気を震わせた。爆発音は続けざまに三度、鳴り響いた。

陣内が、マイクロバスの外に駆け出した。下条がすぐあとに続く。

服部宗十郎の屋敷がにわかに明るく浮き上がって見えた。屋敷から出火しているのだった。

陣内と下条は顔を見合わせた。

陣内は、目だけにかすかに笑いを浮かべて見せた。

松永は無意識のうちに息をつめていた。全身に力が入っている。静香も物音に気づいていた。

腰の高さまである下草をかき分けて、人影が現れた。銃弾を避けるために身を低くして、松永たちに近づいてくる。

松永は歯をむいた。内閣調査室側にしろ、服部側にしろ、ここで捕われるわけにはいかない。彼は臨戦態勢を整えた。

今にも松永が飛びかかろうとするそのとき、静香が声を上げた。

「片瀬さん！」

松永は辛うじてとどまり、相手をよく見た。片瀬はこの場にそぐわない、おだやかな表情をしていた。

静香は片瀬に駆け寄ろうと身を起こした。彼女が立ち上がるのを見て、松永はそれを引き止めようとした。

「危ない！」

松永の制止は一瞬遅かった。

立ち上がり、駆け出した静香は、突然強く右肩を突かれたように、体をひねった。

ライフルの高速弾が、後方から静香の肩を貫いていた。

松永は驚愕《きようがく》して目を大きく見開き、四つんばいのままその場に凍りついた。

静香は、からだをひねりながら、彼女を抱き止めるために広げられた片瀬の腕のなかに倒れ込んだ。片瀬は、信じかねるような表情で、力の失われた静香を支えた。

彼は、静香を深い下生えの陰に、そっと横たえた。

彼女の肩に、血のしみがゆっくりと広がっていった。

29

片瀬は、静香の肩に開いた血の花を見つめていた。静香の血が片瀬の服をも赤く染めていた。

銃声は止んでいた。

はっと我に返った片瀬は、静香のTシャツを引き裂いた。肩甲骨《けんこうこつ》のすぐ下、肩の前後に二カ所傷口が開いていた。血がいく本もの筋を作って流れ出している。

片瀬はデイパックをおろすと、中からビニールの容器に入った消毒薬を取り出し、ふたをむしり取って傷にたっぷりと注いだ。

空になったビニールの容器を放り出すと、彼は、デイパックから白いTシャツを取り出し、傷をきつくしばり始めた。

松永は、立ち上がり、その様子をなすすべなく見つめていた。

「どうなんだ?」

彼はようやくそれだけ尋ねた。

片瀬は止血を終え、体温がうばわれぬように、ありったけの衣類を全身に巻きつけると、黙って静香を見つめていた。巻いたばかりのTシャツにも血がにじみ始めていた。

松永はもう一度訊いた。

「どうなんだ? 傷は」

片瀬は、茂みの間に横たわる静香に眼をやったまま答えた。

「急所は外れています。今のところ〝気〟の流れもはっきりしている。ショックで気絶しているだけです」

「だが、このまま出血が続くと……」

片瀬は答えなかった。

松永は、かぶりを振った。その拍子に彼は気づいた。服部の屋敷の一部が炎にいろどられている。

古い木造の屋敷だけに火の回りは速かった。夜空には無数の火の粉が万華鏡のように舞っている。

松永は茫然とその模様を眺めていた。

片瀬が動く気配がして、松永は振り返った。

片瀬は屋敷の炎を見つめて立ち上がった。彼の顔からは一切の表情が消え去っていた。

松永は、静香のバッグを取り上げ、片瀬に差し出した。

「彼女の荷物だ」

片瀬は無言でバッグを見つめた。

「なかに宝剣が入っている。彼女がすべてをなげうって守り通した宝剣だ」

無造作にバッグを受け取ると、片瀬はファスナーを開け、五十センチばかりの細長い包みを取り出した。包みを解くと、つかの部分に入念な唐草模様の装飾がほどこされた諸刃《もろは》の宝剣が姿を現した。

片瀬はバッグを静香のかたわらに置くと、剣を片手に松永を振り返った。その眼は、暗闇のなかでもはっきりとわかるほど澄み切っていた。

松永は唾《つば》を呑み下してから言った。

「こんなことになったのは俺のせいだとなじったらどうだ」

片瀬は目をそらした。

「水島君を――」

彼はおだやかな声で言った。

「屋敷から救い出してくれたのは、あなたですね?」

松永は答える言葉がなかった。片瀬は手にした宝剣を見つめ、松永に背を向けた。

彼は、火が広がりつつある屋敷に向かって歩き始めた。

「待て」

松永は言った。

「彼女を放っておくつもりか」

片瀬は背を向けたまま言った。

「彼女が意識を取りもどす前に僕は行かなければなりません。でないと、決心が鈍ります」

「決心だと？」

「僕が水島君と会うのは、服部と荒服部の戦いに決着がついたあとでなければならないのです。それ以外に道はないことを僕は悟りました」

「あんた、死ぬ気だな」

片瀬は答えずに歩き出した。

松永の心は激しく揺れ動いた。ここで自分は何ができるのかを必死で考えた。

彼は茂みの中に横たわる静香を見つめた。そして、彼女に付いていてもしてやれることは何もないということにようやく気づいた。

山奥の原生林のなかでは救急車を呼ぶこともできない。内閣調査室側に助けを求めるのは、あまりに愚かなことに思えた。自分や静香は、彼らにとって生きていてほしくない人物のはずだった。

彼女を病院へ運ぶには車が必要だ。そして、車は、服部の屋敷にしかない。松永は、片瀬の計算を読み取った。

片瀬か静香のいずれかが死ぬか、両方が死ぬか、そして、両方が生き延びるか、この場合、可能性はどれもほぼ等しいのだ。

松永は自分の役割を決定した。

片瀬が生き延びれば、静香が助かる可能性も増すのだ。さらに片瀬がこの世にいなかったら、静香が生き残ったとしても、それにどれほどの意味があるだろう。松永はそう考えた。

突然、松永は駆け出した。

片瀬に追いついた松永は言った。

「待て。俺も行く」

片瀬は屋敷の方向を向いたまま言った。

「あなたには関係ありません。あなたの仕事はもう終わったはずです」

「頼むから黙っていっしょに行かせてくれ」

片瀬は振り返った。

「こいつはもうあんたたちだけの問題じゃないんだ。俺自身の問題でもあるんだ。あんたたちふたりの想いがかなえられるとしたら、俺も少しは世の中ってもんを見直せそうな気がするんだ」

片瀬は澄み切った眼で松永を見つめた。

「さあ。時間の勝負だ。一刻も早く片をつけて水島静香のもとにもどらなければならない」

片瀬は、無言で松永に背を向けて歩き始めた。

松永も口を閉ざしてそのあとに続いた。

陸上自衛隊中部方面隊第十師団の秋津《あきつ》一等陸曹は、十五名の隊員の点呼を取った。負傷者は応急手当てをほどこされ、隊員輸送用のトラックに横たえられていた。重傷者が二名、軽傷者五名、死者はなかった。

秋津一曹は、義貞を振り返った。

義貞は燃えさかる屋敷を背にして頷いた。

「あとは我々で片付ける。これ以上面倒なことが起こらないうちに消えてくれ」

秋津一曹は敬礼をし、隊員をトラックに乗り込ませた。

ふと彼は屋敷の周囲をかえりみた。機動隊の制服を身につけた男が三名、それぞれ離れた位置で倒れていた。

屋敷に爆発物を投げ込み、火を放ったのがこの三人だった。

秋津一曹は無表情に目をそらすと、トラックの助手席におさまった。

自衛隊のトラックは重々しいディーゼルエンジンのうなりを上げて発車した。

やがて、道をふさぐマイクロバスの姿がトラックのヘッドライトに浮かび上がった。

マイクロバスの外には坂田警部補、陣内、下条の三人が苦々しい表情で立ち尽くしている。

トラックの運転を担当する自衛隊員は、日頃の訓練の成果を発揮した。トラックは大きく道をはずれ、マイクロバスのわきぎりぎりのところを通過した。通り過ぎようとするとき、秋津一等陸曹は助手席から、外の三人に向かって敬礼を送った。


屋敷の奥の間にも薄く煙がたなびいてきた。

比較的年かさの警護の者が五名、服部宗十郎のもとへ駆けつけていた。それでも襖《ふすま》は閉じていた。

「騒ぐな」

嗄れた声が襖越しに五人を一喝した。

「火はどこまで回っておるのじゃ」

「母屋の西は焼け落ちました。お急ぎ、おしたくを……」

しばらくの沈黙があった。

五人は膝をついたまま顔を見合わせた。襖を開けることは誰にも許されていない。しかし、一刻を争う事態だった。襖に手をかけるべきか否か迷っているのだった。

煙が濃さを増してきた。

最年長の者が、ついに手を伸ばしかけたとき、静かに襖は開いた。

宗十郎が立っていた。

五人は一様に平伏した。

「女たちを、まず逃がしてやれ」

宗十郎は命じた。

彼のうしろに、四人の和服姿の女が蒼ざめた顔で正座していた。

男たちのひとりが立ち上がり、女たちを誘導して行った。

「失礼いたします」

ふたりの男が立ち上がり、両側から宗十郎を支えた。

「一刻も早くお屋敷の外へ……」

残りのふたりも立ち上がった。

そのとき、宗十郎の目が、かっと見開かれた。

煙のなかに、おぼろげにふたつの影が浮かんだ。

「何者だ」

警護の者ふたりが歩み出た。

煙のなかから片瀬と松永が姿を現した。

松永が飛び出し、まえに出たふたりに続けざまに正拳突きを見舞った。奇襲は成功した。ふたりは突きを防ぐことができなかった。

ひるんだふたりの首筋に片瀬の人差し指が飛んだ。ふたりは、あっさりと崩れ落ちた。

松永はうしろへ退がった。

片瀬は宗十郎を睨みすえると、葛野連《かどののむらじ》の宝剣をかざした。

「荒服部の王か……」

宗十郎は満足げに呟いた。

「いつかは会う日が来ると思うておった」

片瀬の眼は悲しみに満ちていた。

「こんなもののために」

片瀬は宝剣を握りしめて言った。その口調は驚くほど静かだった。

「多くの人の命が失われた。僕の父、母、祖父、先祖の人たち……。この服の血を見ろ。これは水島静香の血だ。彼女までが、傷を負ったのだ」

宗十郎の顔に驚きの色が走った。それが、苦悶《くもん》の表情に変わっていった。

「静香が……」

激しい物音と同時に松永の押し殺した悲鳴が聞こえた。

片瀬は振り返った。

松永は柱のもとにうずくまり、弱々しくうめいていた。

服部忠明が立っていた。

彼は片瀬だけを見つめていた。その眼には、獲物を発見した狩人《かりゅうど》の喜びの冷たい輝きがあった。

忠明は片瀬に襲いかかるチャンスをじっとうかがっている。片瀬は肩越しにその姿を視界に入れ、身構えた。

松永はいきなり後方から回し蹴りを脇腹に叩き込まれ、そのまま柱に激突したのだった。大きなダメージのために起き上がれずにいる。息を吸い込むと、打撃の重苦しい痛みに混じって、ナイフで刺されるような鋭い痛みが走った。あばらが折れたことを松永は知った。

忠明は、宗十郎を両脇から支えている警護の者たちに目配せした。ふたりは頷いて、宗十郎を廊下に連れ出した。

忠明の牽制《けんせい》のため、片瀬は動けなかった。

片瀬は向き直り、忠明と対峙《たいじ》した。

宗十郎は廊下をつたい外へ向かった。

松永は低く罵《ののし》りの言葉を吐き出すと、脇腹をおさえ、苦労して立ち上がった。忠明と片瀬を一瞥《いちべつ》すると、彼は、おぼつかない足取りで宗十郎を追った。

片瀬は、忠明からふと眼をそらし、松永のうしろ姿を眺めやった。

その瞬間に忠明の足が一閃《いっせん》した。外側から内側に鋭く回された足は、片瀬の手にあった宝剣をとらえた。

宝剣は片瀬の手から払い落とされた。

忠明は宝剣に手を伸ばす。

その手がとどく直前に片瀬は宝剣を蹴りやり、ほぼ同時に掌底で忠明の顎を突き上げた。忠明はよろよろと二歩後退した。

ふたりは素手で向かい合った。

片瀬の体重は六十キロ、忠明は九十五キロあった。素手の格闘ではダンプカーと原付自転車くらいのひらきがある。

片瀬はミリ単位で間合いをつめていった。忠明は左手をまえに突き出している。リーチに差があるため、それだけで片瀬の突進を止めることができた。間合いが臨界に達した。

ふたりは同時に飛び込んだ。忠明の前蹴りが、片瀬の胸をとらえていた。片瀬は軽々と後方にはじき飛ばされた。

点穴《てんけつ》をするためには、どうしても敵のすぐそばまで近寄らねばならない。忠明はそれを簡単には許さない力量を持っていた。

片瀬は胸の苦しさをおして立ち上がった。その瞬間に隙ができた。忠明の上段回し蹴りが空気を切った。

片瀬は両手で蹴りを防いだ。

そのディフェンスごとはじき飛ばされ、片瀬は壁に体を叩きつけられた。もろい土壁が崩れ落ちる。

片瀬は、首を激しく左右に振った。忠明はうす笑いを浮かべていた。小動物をいたぶって楽しんでいる眼だった。

片瀬は体勢をたて直そうとした。とたんに、腹部にまた蹴りを見舞われた。膝から床に崩れる。

彼は両手をついて、忠明の残忍な笑いを見上げた。忠明はリラックスしきっていた。

片瀬のダメージは大きかった。

蹴りを受けた腹部や肩口、両腕がこわばって力が入らない。片瀬の動きが完全に止まってしまった。

忠明は四つん這いの片瀬の腹をさらに蹴り上げた。片瀬の体が数センチ宙に浮く。片瀬は声にならないうめきを上げ、長々とうつぶせに倒れた。

忠明は勝利を確信していた。彼は急がずに残虐な楽しみを味わっている。ようやく片瀬は両手を動かした。まだ意識はあった。彼は、重い荷を持ち上げるように自分の体を起こそうとした。肩で大きく息をしている。抵抗する力すら底をついたように見えた。忠明は片瀬のもがく様子を楽しげに眺めていた。

片瀬は畳に眼を落とし、両手を握りしめた。戦いを開始してから初めて拳を作ったのだ。彼は、静かに、ゆっくりと息を吐き出していった。

忠明が一歩近づいた。

片瀬は膝をついたままの姿勢から突然、バネのように全身を伸ばした。片瀬の拳が忠明の鳩尾《みぞおち》を正確に突いた。

忠明は息をつまらせた。片瀬は身を翻《ひるがえ》して忠明のうしろへ逃れた。忠明は即座に振り返った。

ふたりは、また向かい合った。

忠明の頬《ほお》から笑いが消えていた。彼は片瀬の顔にあわれむような表情を発見した。ふたりは張り付いたように動かなくなった。

天井ではすでに煙が渦を巻いていた。襖や障子がくすぶり始めている。

ふたりは互いに相手の眼だけを見つめていた。周囲の空気の温度は、急速に上昇していく。突然、片瀬の体が揺らいだ。

誘い込まれるように忠明は素晴らしいスピードの突きを放った。その突きに、片瀬の両手がからみついた。

一瞬の出来事だった。

突きを引いた忠明は、不思議そうな顔をし、次に苦痛のうめきを洩らした。

忠明の手首の関節がはずれていた。

少しでも身動きするたびに、耐えがたい痛みが駆け抜ける。それでも忠明は、怒りにまかせて残る一方の拳を突き出してきた。

今度は、忠明も野獣のような叫び声を上げた。忠明の両手は、脱げかかった手袋のようにぶら下がっていた。

咆哮《ほうこう》して忠明は、目にもとまらぬ回し蹴りを片瀬の頭に放った。

わずか数センチ残して片瀬は蹴りをかいくぐった。忠明の首筋めがけて手を伸ばす。とどいた。

片瀬の鋭い呼吸の音。

通常の相手なら意識を失い、倒れるはずだった。充分に強力な発勁《はっけい》だったのだ。だが、忠明は首を左右に振っただけだった。

攻撃の直後、無防備になるのは避けられない。隙ができた片瀬は、忠明に蹴り払われた。

片瀬は膝をつく。

怒りに顔を染めた忠明が迫った。

忠明は回し蹴りを放とうとした。

片瀬が初めて鋭い気合いを発した。彼は右の拳に全身のエネルギーを一気に集中させた。その右拳が矢のように忠明の眉間《みけん》に飛んだ。

すさまじい発勁だった。これほど激しく気をほとばしらせるのは初めてだった。

片瀬の全身の力は拳を経て、忠明の頭蓋骨《ずがいこつ》の内側で爆発した。

忠明は悲鳴すら上げなかった。

彼は一瞬宙をうつろに見つめ、やがて畳の上にゆっくりと横たわった。静かな死が忠明におとずれた。

襖が火を噴いた。

倒れた巨体を見下ろしていた片瀬は、顔を上げ炎の勢いを見定めた。

彼は、落ちていた宝剣を拾い上げると、そのつかをしっかり握りしめた。

彼は宗十郎たちが去った方向に駆け出した。

松永は、ふたりの男に両脇を支えられた服部宗十郎の行く手に回り込んで立ちふさがった。

片瀬がやってくるまで一歩も引かないつもりだった。

宗十郎の右側の男が前へ出て、松永に戦いを挑んできた。松永は、脇の痛みを押してその男と五分で渡り合った。

ここで踏みとどまって時間をかせがなければならないという強い使命感が、松永に道場での稽古《けいこ》以上の力を出させていた。

敵は左右の拳を休みなく繰り出して来た。松永は、そのすべてをさばききった。一瞬、敵の右脇があくのが眼に留まった。考えるより早く体が反応していた。松永の足刀がそのわずかな隙に突き刺さった。

敵は体勢を崩して一歩退く。

松永の強力な正拳がその顎をとらえた。敵は大きくのけぞり、そのままあおむけに倒れた。

「そこまでだ」

服部義貞の声が背後でして、松永は振り返った。

義貞は六人の若い武芸者を従えていた。

「あなたがこういう行動に出ることだけは想像できなかった。あなたは、こずるく立ち回るだけの人かと思っていたんだが……」

松永は言葉を返さなかった。

彼は、拳を上げ、戦いの姿勢を示した。

義貞は、六人の若者に手を上げて合図した。

六人は、すみやかに松永の周囲に散った。

松永は上目づかいにその動きを見て取った。彼は腹式呼吸を繰り返した。呼吸がしだいに深く大きくなっていく。やがて松永は、かっと目を見開き、腹の底から吼《ほ》えた。

彼は戦いに飛び込んでいった。

義貞はすばやく宗十郎のもとへ駆け寄った。

宗十郎を支えていた男も戦いに加わっていった。敵は七人で松永を取り囲んでいる。攻撃をかわすだけで松永は消耗していった。彼は水を頭からかぶったように汗を流し、肩で息をしていた。

義貞が宗十郎に肩を貸し、黒のセドリックに向かった。

松永は宗十郎たちを逃がすまいと、包囲陣の突破を試みた。蹴りを放ち、拳を突き出し円陣を破る。次の瞬間、松永は足を払われていた。

バランスを崩したところに、回し蹴りやフックが飛んでくる。あばらの痛みが彼の動きを鈍らせていた。

彼は地面に両手をついた。その手を払われ、逆関節に取られる。三人がかりでおさえつけられた。松永は砂をかんだ。

義貞は、セドリックのドアに手を伸ばした。その手が宙に止まった。

何かが義貞と宗十郎の足許《あしもと》に突き立った。

葛野連の宝剣だった。

義貞と宗十郎はその場で立ち尽くした。

松永は、急に自由になるのを感じた。

敵が悲鳴を上げるのが聞こえる。振り返ると、七人の敵が反撃する間もなく地面に倒れていくのが見えた。

片瀬が立っていた。

松永は、片瀬が初めて突きや蹴りを放つのを見た。疾過《はやす》ぎて目に留まらぬその攻撃は、たった一撃で相手の骨を砕き、敵を昏倒させた。

松永は、脇を押さえのろのろと立ち上がり、服の埃《ほこり》を払った。

「もうだめかと思ったぜ」

片瀬はまっすぐに服部宗十郎と義貞に近づいていった。炎がその顔を赤く照らし出した。表情は固く閉ざされている。

片瀬は立ち止まった。

宗十郎と片瀬は無言で見つめ合った。

長い戦いが、ふたりの間に凝縮されていた。今、常に追う立場だった服部の牙城《がじょう》が焼け落ちようとしている。

義貞が突然、罵りの声を上げた。

彼は片瀬に向かって蹴りつけた。

片瀬はわずかに上体をそらして、それをやりすごす。

続いて義貞は片瀬の足を払った。

片瀬の両足は音もなく移動しており、義貞の足はむなしく地面に弧を描いただけだった。

「我々は」

義貞は叫んだ。

「我々は生き残らねばならない。我々服部は常に勝利者でなければならないのだ。これまでそうであったように、服部は荒服部に負けるはずがないのだ。長い歴史がそれを証明してくれる」

「荒服部は負けたことなどない」

片瀬の静かな声がした。

「荒服部の者たちは、どんな目にあおうとも、その血を後世に残し続けた。血統を伝え続けること。それが荒服部の戦いかただ」

「我々は負けない」

義貞は再び殴りかかった。

片瀬は流れるように右へ移動した。義貞の拳は、片瀬の頬すれすれに通り過ぎた。

片瀬は義貞の脇にぴたりと身を寄せた。その左手が義貞の首筋をさすった。

義貞の全身から力が抜け、両手がだらりと垂れた。だらしなく口をあけ、宙を見つめている。

片瀬は、悲しそうに目をそむけた。彼の手刀が無防備な義貞の首に叩き込まれた。

義貞は悲鳴も上げずに倒れた。首が不自然な方向を向いていた。こわれた人形を思わせた。

服部宗十郎だけが残った。

30

片瀬を見つめる服部宗十郎の眼光は鋭かった。しかし、その眼に憎しみや怒りの色はまったくなかった。運命を見つめる老人の眼差しだった。

片瀬の眼もまた、山奥の湖沼のようにおだやかに澄みきっていた。彼はあくまで無表情だった。

「いつかこういう日が来ると思うておった」

ようやく自分の体重を支えている宗十郎だったが、その声は他人を圧倒する威厳を失っていなかった。

「わしは考えておった。もし、おまえが自分の血筋の由来を知らずにいたら、静香の婿として迎え、服部と荒服部の血統をひとつの流れにしてしまいたいと。そうすれば、服部と荒服部の争いは永遠になくなり、服部の安泰も図れたのじゃ。静香をおまえのもとに送り込んだのは、そういう意図もあってのことじゃ」

宗十郎はかすかに首を横に振ると続けた。

「しかし、それはかなわぬことじゃった。おまえはすべてを知っておった。静香も、服部家に命じられた役割に耐えられず、話さずともよいことをおまえに話してしまったようじゃ。違うか？」

片瀬は答えなかった。

「わしにはわかっていた。おまえたちふたりが互いに想いを寄せ合うていたことを。ふたりで秘密をうちあけ合い、それゆえに、この戦いが避けられなくなってしまったことを……。何も知らずにいればよかったのじゃ。服部と荒服部の戦いの歴史も、荒服部の血の秘密も、静香の胸の内も……」

「目をつぶっていることはできなかった。僕の肉親たちのことを考え、水島君のことを考えると」

「おまえは、親たちのかたきをとり、我々の手から静香を奪った。これですべてが終わると考えておるじゃろう。が、それは違う。これはひとつの戦いの終わりに過ぎぬ」

片瀬は黙って宗十郎の話を聞いていた。

「自分の体にどんな血が流れておるか考えることじゃ。おまえの血は、剣や銃と同じく武器そのものじゃ。おまえの血筋の歴史は、殺戮《さつりく》と戦いの歴史じゃ。ひとつの戦いが終わっても、必ずまた、戦いのなかに引きもどされるじゃろう。それが荒服部の血の定めなのじゃ」

宗十郎は話しながら、少しずつ燃えさかる屋敷のほうへ後退を始めた。

「いくらおまえが拒もうとも、いくらおまえが逃げ続けようとも、おまえは戦いのなかでしか生きられぬ業《ごう》を持っておるのだ」

宗十郎と片瀬の距離は徐々に開いていった。片瀬は動こうとしなかった。じっと静かな眼差しで宗十郎を見つめていた。松永は声を出すことすらできずにいた。冒しがたい緊張感が宗十郎と片瀬の間に満ちていた。

「服部宗十郎と荒服部の戦いは、荒服部の勝利で終わった。しかし、いつの日かきっと、服部の血を引く者が再びおまえに戦いを挑むじゃろう。それを忘れるな」

「まだ終わってはいない」

片瀬は言った。

「服部宗十郎。おまえが残っている」

宗十郎はかすかな笑いを浮かべた。

「わしは、荒服部の王の力をよく知っておる。老いさらばえ、死を待っているだけのわしが抗ったとて、どうにもならんことは、このわしがいちばんよく心得ておる」

宗十郎は、片瀬と松永に背を向けた。彼はゆっくりと炎のなかへ進んでいった。

松永は息を呑んだ。

宗十郎はふと立ち止まると、振り返って片瀬に言った。

「ただひとつ、心残りなことがある」

その表情から人々を震え上がらせる迫力は消え去っていた。

「静香は荒服部の側についた。おまえとともに新たな荒服部の血脈を築いていくことになろう。あいつは、平穏な生活を心から願っていた。わしはその願いをかなえてやることはできなかった。荒服部の王よ、静香のことをくれぐれもよろしくたのむ」

片瀬がゆっくりと頷くと、老人は安心しきった表情を見せた。

やがて彼は静かに歩き出し、炎のなかへ消えていった。

服部宗十郎が姿を消して間もなく、焼けた梁《はり》が落ち、柱が倒れた。屋敷の一角が崩れていく。片瀬と松永は身動きひとつせず、焼け落ちる屋敷の棟を見つめていた。

松永はふと片瀬に眼をやった。片瀬の表情は深い悲しみに満ちていた。松永はひとり秘《ひそ》かにかぶりを振った。

遠くから、かすかにいくつものサイレンの音が聞こえた。消防車のサイレンだった。ヘリコプター独特のローター音も響いてくる。

松永は言った。

「まずい。すぐここから逃げ出すんだ。早く水島静香を連れてくるんだ」

彼は黒いセドリックに駆け寄った。

「よし。キーがついている」

呟くと、松永はセドリックの運転席にすべり込んでエンジン・キーをひねった。セルモーターが二度うなりを上げ、エンジンがたくましく回り始めた。

片瀬は静香のもとへ駆け出した。

静香はひっそりと横たわっていた。

片瀬がかたわらに膝をつくと、彼女は目を開いた。

「気がついていたのか」

彼女の額には汗が浮いていた。呼吸は浅く速くなっている。

「不安だったろう。ひとりにして済まなかった」

静香は弱々しく首を振った。

「待っていたわ。ずいぶん長く待っていた気がする。でも必ず片瀬さんは来てくれる。そう信じていたわ」

片瀬はふたりの荷物を腕にかけ、静香を用心深く抱き上げた。

静香は苦しげな息をしながらかすれた声で尋ねた。

「終わったのね」

片瀬は歩き出した。

「そう、終わったんだ。君のおじさんやおじいさんは……」

静香は片瀬の腕のなかで、微笑を作った。

「何も言わないで。私はあなたの側についたのよ。約束どおりふたりでインドへ行って新しい生活のことをゆっくり考えましょう」

彼女は、安らぎに満ちた表情で目を閉じた。

松永はセドリックの外に立ち、ふたりを待っていた。

片瀬が現れると松永は駆け寄って手を貸した。片瀬と松永は、そっと静香をセドリックの後部座席に横たえた。

ハンドルを握った松永はエンジンをふかした。

片瀬は助手席に乗り込む。

「こいつを渡しておかなくちゃな」

松永は秦氏の宝剣を片瀬に差し出した。

「こいつは、あんたたちのものだ。誰にも渡しちゃいけない」

片瀬は、そのつかをしっかりと握った。

松永はハンドルを切ると、車を猛然とダッシュさせた。

彼は言った。

「屋敷に火を放ったり、ドンパチを始めたりしたのは、内閣調査室の連中だ。こいつは間違いない。俺たち三人はその生き証人ということになる。消防署や警察の人間は、すべてそちらの側と見なけりゃならん。そいつを頭に入れておいてくれ」

片瀬は頷いた。

松永は、車を飛ばしながら呟いた。

「どんなことをしても逃げのびてやる。このふたりの命は、俺があずかったんだ」

31

与党総裁選の報道が、新聞やテレビを賑《にぎ》わしていた。

対立候補擁立の動きで、最後までもめにもめた今回の総裁選びは、現首相の再選という形で終止符を打った。

新たに発表された閣僚や党幹部のなかに、水島太一の名はなかった。

水島太一は自宅にひきこもり、報道陣への発言を一切ひかえていた。

ある週刊誌が、突然の失脚と、最愛のひとり娘が失踪した悲しみに打ちひしがれる彼の横顔をグラビアに掲載した。

水島静香は、「当分家には帰らない」という手紙を太一あてに送ってきたきり、消息を絶っていた。

人々は、その週刊誌のグラビアに驚き、同情したが、日が経つうちに水島太一は世間の話題から遠ざかっていった。


雨が降り出した。冷たい雨だった。

残暑が嘘のように去り、青山通りは急に秋の気配を強めた。

服部の屋敷から逃げ帰って丸三週間、松永は自室にひき込もり、惚《ほう》けたように毎日を過ごしていた。

彼は、片瀬と水島静香のことを、何度も繰り返して考えていた。

あの日、松永は幹線道路を避け、徹底して裏道を飛ばしながら奈良に出て、ようやく救急病院へたどり着くことができた。

「ここでお別れです」

片瀬は車を降りると言った。彼は、静香を抱き上げ、病院の夜間受け付け口へ向かった。

松永はその背に声を掛けた。

「その傷を見られたら、すぐに銃創だということがわかってしまう。警察に連絡を取られてしまうだろう」

片瀬は振り向いた。

「だいじょうぶです。あとは僕にまかせてください」

松永は、何かもうひとこと言いたかった。片瀬と静香に言っておかねばならないことがあるような気がしてしかたがなかった。しかし、的確な言葉が見つからなかった。

片瀬は松永の心中を察するようにほほえんだ。

「あなたの気持ちはよくわかりました。感謝しています。僕は決して彼女のもとを離れません」

片瀬はそれだけ言うと、松永に背を向け、病院へ急いだ。

松永と片瀬をつないでいた糸がその瞬間に切れた。片瀬は自分が手出しをしてはいけない世界へ行ってしまったと松永は感じた。

淋《さび》しさが心のなかを吹き抜けた。

松永は、片瀬に同情や義務感でなく、好意を抱いていることをはっきりと自覚した。

彼は片瀬と静香の姿が消えると、悲しげに別れの言葉を呟き、静かに車を出した。

彼は回想を追いやった。

久し振りの外出だった。

松永は顔をしかめて空を見上げ、ブルゾンのえりを立てた。くすんだビルの壁、濡《ぬ》れ始めた舗道、クラクションを鳴らして通り過ぎる車の列……。街は変わらず無表情だった。

外苑《がいえん》前の信号で立ち止まった松永の横にそっと男が並んだ。

松永は、その横顔を一瞥して、また正面の信号に視線をもどした。彼は呟いた。

「よう、戦友」

下条泰彦は何も言わなかった。

松永は正面を見たまま言った。

「雨の外苑。デートの場所としては悪かないな。何の用で俺を呼び出した？　勝利の祝杯でも上げようってのかい」

信号が変わって、松永は歩き出した。

下条は半歩うしろを歩いた。

「少しばかり、お話をしたいと思いましてね。どうです。ごいっしょに散歩でも……」

「男と散歩を楽しむ趣味はないな」

「少しは私に感謝してもらいたいものですな」

「何をだ？」

「あなたがなぜ無事に笠置山の屋敷から帰れたのかお考えにはならなかったのですか」

「俺がタフだったからさ」

「確かに……。私たちもあなたが生きておいでとは思いませんでした」

「わかってるさ。あんたが逃がしてくれたと言いたいんだろう。逃げる途中で俺たちを処分しちまうこともできただろうからな」

松永は溜息をついた。

「話というのは何だ？」

下条は、青山通りを折れて、絵画館に向かった。松永は、それに続いた。

「先日の出来事の確認をしたいまでです。あなたが思い違いをなさっていると困りますので……」

松永は黙って下条の話を聞いた。

「あれは新聞に出ていたとおりの不幸な出来事の重なりでした。服部宗十郎の屋敷を銃で武装した過激派が占拠した。警官隊は犯人グループと銃撃戦を開始した。たまたま、車両で夜間移動の最中だった陸上自衛隊員十数名が、騒ぎに巻き込まれた……。流れ弾が買い置きのガソリンの缶を貫き、流れ出したガソリンに跳弾の火花が引火。屋敷は半焼。宗十郎、義貞、忠明の三人は焼死。犯人グループは全員その場で射殺された」

「屋敷のまわりを取り囲んでいたのが警官隊だと知って仰天したよ。警官隊と自衛隊の撃ち合いなんて、もう一生おがめないだろうな」

「言っておきたいのはそのへんのことです」

下条は、松永の横顔を睨みすえた。

「警官隊と自衛隊が撃ち合ったなどという事実は一切ありません。警官隊は、あくまで犯人グループを制圧しようと発砲しただけです」

「口封じに、俺を片づけるかい？」

下条は首を横に振った。その顔は「それはいつでもできることだ」と言いたげに自信に満ちていた。

「私はあくまで、あなたの勘違いを正しに来たのです。おわかりですね」

「俺は自分の命は大切にする男だ」

下条は頷いた。

「話は以上です。もう二度とお目にかかることはないでしょう」

松永は立ち止まった。

「片瀬と水島はどうした？」

下条は静かに振り向いた。

「当然、病院にいることはつきとめたんだろう？」

「姿を消しましたよ。見事に警察の眼を盗んでね」

「水島のけがは……」

「命にかかわる傷ではありませんでした。まあ、とはいえ無茶な逃亡には変わりありません」

「その後の足取りをつかんでいないわけじゃあるまい」

下条はかすかにほほえんだ。

「彼らは、当初の予定どおり旅立ったようです」

「インドへ行ったんだな」

「はい……」

松永は、下条から視線をそらし、足許を見つめた。

「そうか……」

「では、私はこれで……」

下条は去りかけた。

「少しはましになるのかい？」

「何がですか」

下条は再び振り返った。

「この国さ」

「ずっとね。約束します」

「信用できないね」

下条は肩をすくめた。彼の靴音が遠ざかっていった。

松永は静かに目を上げた。灰色のコートが絵画館に向かって小さくなっていく。そのうしろ姿は疲れ切って見えた。

松永は黄色く色づき始めたイチョウ並木に立ち尽くし、雨に打たれていた。彼も激しい疲労感を覚えた。

松永は、青山通り方向に目を転じた。何ひとつ変わっていない街のたたずまい。笑顔の若いカップルが通り過ぎて行った。

松永は、空を仰ぎ安らかにほほえんだ。彼は、小さく肩をすくめると、ポケットに両手を入れ、ゆっくりと歩き始めた。

降臨《こうりん》　聖拳伝説《せいけんでんせつ》1

朝日文庫

2023年4月30日　第1刷発行
2023年5月30日　第2刷発行

著　者　今野《こんの》　敏《びん》

発行者　宇都宮健太朗
発行所　朝日新聞出版
〒104-8011　東京都中央区築地5-3-2
電話　03-5541-8832(編集)
　　　03-5540-7793(販売)

印刷製本　大日本印刷株式会社

Published in Japan by Asahi Shimbun Publications Inc.
定価はカバーに表示してあります

ISBN978-4-02-265097-9
落丁・乱丁の場合は弊社業務部(電話 03-5540-7800)へご連絡ください。
送料弊社負担にてお取り替えいたします。

今野　敏
TOKAGE《トカゲ》
特殊遊撃捜査隊

大手銀行の行員が誘拐され、身代金一〇億円が要求された。警視庁捜査一課の覆面バイク部隊「トカゲ」が事件に挑む。《解説・香山二三郎》

今野　敏
天網
TOKAGE《トカゲ》2　特殊遊撃捜査隊

首都圏の高速バスが次々と強奪される前代未聞の事態が発生。警視庁の特殊捜査部隊が再び招集され、深夜の追跡が始まる。シリーズ第二弾。

今野　敏
連写
TOKAGE《トカゲ》　特殊遊撃捜査隊

バイクを利用した強盗が連続発生。警視庁の覆面捜査チーム「トカゲ」が出動するが、なぜか犯人の糸口が見つからない……。《解説・細谷正充》

今野　敏
精鋭

新人警察官の柿田亮は、特殊急襲部隊「SAT」の隊員を目指す！　優れた警察小説であり、青春小説・成長物語でもある著者の新境地。

今野　敏
キンモクセイ

キャリア官僚の連続不審死。公安組織〝ゼロ〟の暗躍。組織内部の誰が味方で敵なのか？　圧巻の警察インテリジェンス小説。《解説・関口苑生》

村上　貴史編
葛藤する刑事たち
警察小説アンソロジー

黎明／発展／覚醒の三部構成で、松本清張、藤原審爾、結城昌治、大沢在昌、逢坂剛、今野敏、横山秀夫、月村了衛、誉田哲也計九人の傑作を収録。

朝日文庫

伊坂 幸太郎
ガソリン生活

望月兄弟の前に現れた女優と強面の芸能記者⁉ 次々に謎が降りかかる、仲良し一家の冒険譚! 愛すべき長編ミステリー。《解説・津村記久子》

今村 夏子
むらさきのスカートの女
《芥川賞受賞作》

近所に住む女性が気になって仕方のない〈わたし〉は、彼女が自分と同じ職場で働きだすように誘導し……。《解説・ルーシー・ノース》

宇佐美 まこと
夜の声を聴く

引きこもりの隆太が誘われたのは、一一年前の一家殺人事件に端を発する悲哀渦巻く世界だった! 平穏な日常が揺らぐ衝撃の書き下ろしミステリー。

大沢 在昌
帰去来

警視庁の女性刑事が「光和二七年のアジア連邦・日本共和国・東京市」にタイムスリップする。執筆一〇年の超大作、パラレルワールド警察小説。

白石 一文
プラスチックの祈り 上・下

少しずつ記憶と食い違う現実、ある日私のかかとはプラスチックになった。読者を挑発する先の読めない展開、圧巻のノンストップ哲学ミステリー!

月村 了衛
黒警《こくけい》

刑事の沢渡とヤクザの波多野。腐れ縁の二人の前に中国黒社会の沈が現れた時、警察内部の深い闇が蠢きだす。本格警察小説!《解説・東山彰良》